Remembrance of

# 我年轻时候的女朋友

My First Love Past

小饭 _____ 著

作家出版社

图书在版编目（CIP）数据

我年轻时候的女朋友 / 小饭著 . — 北京：作家出版社，
2016.4

ISBN 978-7-5063-8881-8

I. ① 我… II. ① 小… III. ① 长篇小说—中国—当代
IV. ① I247.5

中国版本图书馆 CIP 数据核字（2016）第 077806 号

# 我年轻时候的女朋友

作　　者：小　饭
责任编辑：丁文梅
装帧设计：好谢翔
出版发行：作家出版社
社　　址：北京农展馆南里 10 号　　　　　邮　　编：100125
电话传真：86-10-65930756（出版发行部）
　　　　　86-10-65004079（总编室）
　　　　　86-10-65015116（邮购部）
E-mail:zuojia@zuojia.net.cn
http://www.haozuojia.com（作家在线）
印　　刷：北京市通州运河印刷厂
成品尺寸：140×200
字　　数：115 千字
印　　张：6
版　　次：2016 年 6 月第 1 版
印　　次：2016 年 6 月第 1 次印刷
ISBN 978-7-5063-8881-8
定　　价：35.00 元

# 序 / 有爱

## 谈资

好几年前我写过一本小说叫《我年轻时候的女朋友》，看书名你就知道我写那本书时是什么样的心态。

七年过去了，我对爱情的理解不仅没有"进步"，反而更"原始"。

她似梦如幻，她无比"真诚"，而且也吸引真诚的人去接近。

其实谈论爱情的时候大部分是可笑的，这种可笑程度就好似谈论理想，谈论道德——爱情、理想和道德，通常只有做了才有意义。

但再可笑，也得鼓足勇气谈。至少我认为大家对爱情的不同理解是朋友们在一起最有趣的谈资之一。与爱情有关的都可以成为我们的谈资，甚至包括陆琪。

嗯，是老天发明了爱情，又给了人们陆琪。至于人世间到底是先有爱情还是先有陆琪，这就成为了我和身边一些朋友的疑问。

无论如何，谈爱情总好过谈美食吧——谈论爱情，会让人变得柔软；谈论美食，容易让人饥饿。

饿了我就容易恨，你们呢？

## 奴隶

我们都是基因的奴隶。爱是基因中最深藏不露的定时炸弹，青春期的时候你会自己引爆它。

初中时候，我们十四五岁，懵懂，对异性开始特别关注，害羞一点的悄悄关注，执行力强一点的能做到互相关注。

高中时候，我们十六七岁，养尊处优，衣食无忧。原本是实践爱情的黄金时段，但往往会发生取消关注这样的状况，甚至还拉黑。

根据我的经验，从互相关注到拉黑，总是一个非常悲伤的故事。有人不承认，我看到好多人默默点头了。

后来，有的人去别的微博玩了……

到了奔四这样的年纪，看过了一些电影和书，活了一些年月，面对爱情会用马甲，已经是潜水多过于发言。常常去微博和周围搜索"爱情"，看看大家伙儿现在怎样谈论它。很高兴大家还在谈论它，都是不自觉地喜欢谈、喜欢听。当然，也有人是被迫的。

## 故事

昨晚做了一个梦，梦见我跑了三里路来到营地："报告长官，我发明了爱情。"长官笑了，他说："傻孩子，爱情是前人发明的，你最多只是发现了她的存在。"

醒来，觉得自己又长大了。

很喜欢声音玩具中一首叫《艾玲》的歌，我更多次把它写成《爱玲》。那是一个更长的梦。

我有一个朋友，他爱很多人，很多人也爱他，听上去很完满。不幸的是，他结婚了。下面的故事，我就不讲了。

还有一个朋友，他自称深爱他的伴侣。海誓山盟，盟得狠毒。可喜的是，毒誓没有起到作用。

真的，这是喜剧。我越来越肤浅、低俗，爱看喜剧多过悲剧。主要是因为悲剧已经太多了。

我知道你年轻时候也有过几个女朋友，后来的故事你也不想让我讲了。


## 一个

但我还是要讲，关于一生只能爱一人，如果谁能做到，我给他一面锦旗。反正锦旗成本也不高。

做不到的，我来拍拍你的肩膀。我的意思就是，做到，很好；做不到，也没关系；强迫自己做到，那是强迫症，得治疗。

总体来说，生活中的我是现实派——反对撒谎，敬畏诚实。

一对一的爱情，很多时候是一个骗来骗去的把戏。在这里"骗"是个中性的词，意为"说话"。

骗得好，伟大。骗得不好，一二三四，再来一次。

说没有这个爱人活不下去，是极端，是表忠心，是一种修辞，或者只是吹牛。"我爱你"可能是诚实的，但"我只爱你一人"，sorry baby，你会爱我们的孩子的。

然后我们开始争辩爱到底分多少种。你强调你的爱是男欢女爱，浅薄的家伙。除了亲吻我、爱抚我，其他时候你不爱我？

爱是关心，有关心灵；爱是关注，有关注意；爱是关怀，有关拥有和怀抱。爱你所爱，是因为你的所爱能让你开心满足，会让你在面对生活中令人不安的那一部分时会心微笑。

爱情就是我们的一个命名，她存在，她美好，她永恒。她是人类幸福感的来源之一，甚至是最重要的那一个。

## 亲爱

若世界末日后只剩你一人，你会选择生还是死？

少年PI没有杀死老虎。他知道没有老虎的陪伴，他活不下去。

关于活在世上的动力，我的意见是：亲朋大于爱人，爱人大于陌生人，陌生人大于老虎，老虎约等于无人。

其实，爱人转为亲朋的概率是很高的。爱和亲，催化剂只是时间。睁眼的时候看到你，闭眼的时候挨着你。"亲爱的"很快成"亲"。

所以，说到底爱就是陪伴。

最后，要祝福全世界的爱情和以爱为名的一切，这样做没坏处；再回望和守护自己的那一份，这样做有好处。

嗯，好处坏处不重要，爱才是最大的人生成功学主题。

有爱，更容易见春风，活滋润。

# 目录
## CONTENTS

## 01 馒头生活

不爱打麻将，也不爱炒股票。我这样一个中年人，想想看，什么时候才会在我身上发生一些能刺激我神经的、能被我视作是稀奇古怪的事件呢？

一个普通的早晨，新闻：

> 一个七岁的男孩，自称来自火星。因为逃避灾难，来到地球；他预言美国将在五年内再一次发生内战，还信誓旦旦地表示海底世界的存在。

> 一名政要人物的感情生活出了问题；我们必须做好最坏的打算。

> 四十八位科学家经过长达三十年的通力合作，发明了一种神奇药物。它能使人迅速进入睡眠——只要你捏住自己的鼻子，美梦就能萦绕在你的大脑。

耸人听闻的，荒唐的……但这些消息丝毫不让我觉得激动，无论它们怎么夸张，都无法改变我的日常生活，这我很清楚。我的生活无法被改变，永远是那样有条不紊、按部就班。每天在梦的尽头我都能想象自己待会儿醒来后一边啃馒头一边翻看报纸的情境。

现实就是这么一回事。

这一天因为饿，肚子空荡荡的我在恰当的时候醒来。睁开我的眼睛，秋日的晨光多像那刚从蒸笼出来的馒头。暖色悄悄铺满了我和妻子的整张床，地板上还隐约能泛起一些微光。我学着球赛里的裁判，抬腕看表。模模糊糊，北京时间九点钟，应该吹哨终止睡眠啦。

我的手表终年在我的手腕上工作，不知疲倦，就如同我终年生活在这个世界上，不知疲倦。

其实我知道生活的倦意，但又能怎么样呢？听听新闻吧，让我对这个世界还有一点渴求——也许这就能满足我了。

除非我愿意瘪着肚皮沉浸在梦魇之中。

现在，北京时间早上九点钟，如果要想起床，这确实是一个再合适不过的时间了。

我的妻子她现在就睡在我的身边。每个人都有自己的名字，互相之间用来彼此叫唤的称谓。我妻子的名字叫"猪头"——我平时就这么叫她。她的确是猪头，只要我不起床，她总也不会醒来。如果有另外的绰号，也许该叫她"千年不醒"。跟她过的这十年，我充当了十年的人体闹钟，其效果跟人体炸弹差不多：人肉做的，不屈不挠。

"猪头，九点钟了。"我不轻也不重，推了推她，同时不由自主打了一个哈欠。

"唔唔唔。"

十年来，她打呼噜的声音从未改变，就如同此时发出的"唔唔唔"从未改变一样。在这种情况下，我不叫她猪头还能叫她什么？当然，一开始我对她的称呼稍微含蓄一点，我叫她"咕噜噜"，有时候也叫"顾鲁鲁"，后者更像一个名字。她并不反感这种昵称——天知道，其实这不是昵称，世界上只有猪才这样发出声音，所以这是一个恶劣的绰号。到最后，她终于发现了这一点，跟我生气、闹别扭。我们在一个晚上为此大吵一架，她甚至因此扬言要跟我离婚，离家出走。

这种旅行通常的目的地都是娘家，带往返的旅行。

好吧，那就让我去一趟我的丈母娘家。

结果并不难预测，我成功地把"咕噜噜"请回了自己家，完璧归赵，毫发未损。但这以后我都径直叫她猪头。她依然不太乐意，可也觉得为这种称呼来回跑娘家不值得。更何况，娘家每年都要跑好几次，多余就是奢侈。

那么，后来她终于不跑了。

此刻猪头翻了一个身，试图睁开眼睛，可是她的眼睛上面蒙上了很多"馒头皮"，她怎么也睁不开。我得帮她完成这一个艰难的动作。

"嗯，国庆节啊，多睡一会儿吧。"她的眼皮抵挡住了我的手指。

我不知道她是不是在求我，反正待会儿我就得求她为我准备早饭。

　　我最痛恨的事情之一，就是弄早饭——到底如何做才不算荒废我们的生命？——对我来说，早饭是可以避免的，为了有更好的生活方式。这是我年轻时候就认定的事情。但是岁月蹉跎，前几年医生告诉我最好每天起床吃一点早饭，这对我这个中年人的身体健康来说大有裨益。我把医生告诉我的话转达给猪头老婆——到底如何做才不算荒废我们的生命？——我想我吃早饭也行，只要别让我自己弄，倒也不吃亏。老婆听到了医生的这种建议也表示出了兴奋："好啊好啊，以后就有早饭吃了。"

　　听到这样的话，我就知道坏了。"女人弄早饭，我们应该遵循社会伦理。"我说。

　　"可是你爱我，你愿意我多睡会儿觉，你不舍得我早上很早起来，闻那股油烟味道。"她说。

　　这种话，加上那可想而知的矫情口吻，如果是出自一个小女孩的口也就罢了，一个肥胖的中年妇女这样说，真令人受不了。我爱她吗？她现在也许有六十公斤重了。其实真不好回答。我总是避免提出这样的问题，也拒绝回答自己（如果不小心问出口的话）。

　　反正，今天是国庆节，不用上班，多睡一会儿就多睡一会儿。可是我怎么也睡不着。我的肚子正在咕咕叫。只有食欲提醒着我，我还活着——到底如何做才不算荒废我们的生命？

为什么我觉得从窗户外面洒进屋子的晨光是馒头的原因？因为我饿了。我觉得那是老天赐予我的食物。

还是起来吧。我挺起身子，找了一件衬衫披在身上。这座城市的气候不错，金秋时节，也许我应该出去走走。要不要带上猪头？携手漫步在马路边。这个念头让我顿时打消了做任何事情的兴趣和情绪。要不带上儿子也行。我儿子一定也在睡觉。他今年上小学二年级，这小子像他妈一样爱睡懒觉，好在平时也还算听话懂事，不用操很多心。但要不是为了他，也许我的确不用每天做早饭，或者苦苦哀求我的妻子做早饭——这两件事情都让我烦恼。我自己的身体我自己有数，不吃早饭还不是什么大不了的事情。——到底如何做才不算荒废我们的生命？——有时候也很生气，我希望我的儿子像我才好。可是像我也未必就真的让我心满意足。儿子正在变得越来越胖。

我的生活总是缺一点儿什么，也许不仅仅是缺一点儿。——到底如何做才不算荒废我们的生命？

算了，我已经不年轻了。


正在洗漱的时候，儿子居然也跑进卫生间。

"爸爸。"他好像非常不情愿地跟我打了一声招呼，然后就跑到马桶边上开始尿尿。他尿尿声响很大，整个卫生间充满了滋啦滋啦的声音，细小而绵长的水柱正浇入抽水马桶。他时断时续，我如同身临枪林弹雨。

我含着满嘴的牙膏沫"嗯"了一下，表示我听见了他的晨间问候。

刷完牙，我跑进屋子，跟我妻子说："儿子也起床了，猪头，你还不起床？你要让你儿子笑话你吗？"

"唔唔唔。"她又翻了一个身。

我今天偏偏不想弄早饭了。哼哼哈哈。我的鼻子正在生气，我命令我的鼻子生气，也命令嘴巴不要去哀求她。

可是当我回到了客厅里，儿子就用非常失望的眼神看着我，意思是说，早饭呢？

我假惺惺地问他："你刷牙了吗？"其实我知道他刚刚刷完牙。

"刷了。"他说。他还在看我。我真希望他此时打开电视机看电视，从此把吃早饭这件事情忘记。可是他没忘记："爸爸，我想吃早饭。"

生活就在这种毫无头绪的莫名其妙的对话中开始。让它继续。

"喝点牛奶吧。"我说。

"我想喝粥。"他轻声说。这一点我也不太满意，他从不敢在我面前大声说话。如果哪一天他跟我大声说话，中气十足，我会更爱他，我的儿子。

"出去买面包吃吧。"我敷衍着说。

他低头沉思了一会儿："那也好，反正我今天跟我同学约好了出去玩儿。爸爸，那我走了哦。"他背着一个小包就嗖嗖嗖出了门。

出门后我妻子从卧室里走出来。她好像是一直在观察客厅里发生的事情，也许就等着儿子出门，让她摆脱弄早饭这件糟糕的事情。如果儿子要喝粥，她想必无论如何都要熬粥，甚至还要算上我一份。

"早上好。"她对我说的这句话像例行公事一般，已经算不上礼貌。夫妻之间哪儿有什么礼貌，但是也不觉得温馨。

"嗯，嗯，猪头早上好。"我说。

"哼，你再叫我猪头我就过来掐你。"她生气地说。

"嘿嘿嘿。"我对她笑了笑，"你——猪头。"

猪头冲向我，举着两只手，就像一只大龙虾那样朝我发动袭击。当她靠近我的一刹那，我把她抱了起来，她可真沉。我把她反抱在沙发上，亲了亲她。

这些亲昵的行为也许是我们维持着这段婚姻生活的理由之一。至少我还挺快活，看到她乐呵呵的笑容，我更加高兴。

我们拥抱了一会儿，在充满馒头的客厅里忍饥挨饿。但是谁也没有提出弄早饭。也许是希望大家能熬到中午时分。

她就喝了一杯牛奶。

在她放下牛奶杯的时候，我注意到了桌上的一叠碟片。这是前几天整理房间的时候从床底下翻出来的。

"我们看碟吧。"我发现我们夫妻俩已经很久都没有在一起看片子了。我记得刚刚结婚那几年我们在一起看片子的热情维持了很久，那时候充满整间客厅的不是馒头，而是碟片。那些碟片好多都被塞在了箱子里，还有很多已经被朋友们永久占有。当然还有一些碟片在床底下。

我妻子马上同意了我的建议。她上午也没有任何别的事情可做。看片子消遣消遣的确是一个很好的主意。我开始得意起来，一个上午的时间容易打发了。

"看哪张？"她把一叠碟片都递给我，让我挑选。我翻了翻，都是一些很老的片子，但也不乏好片子。可是我想看一点刺激的，不要文艺片。惊悚恐怖，枪炮轰轰……诸如此类的最好。幽默搞笑的也行。可是怎么没有呢？都不知道当初一股什么劲，尽看些沉闷得要死的文艺片。我还翻到了黑泽明的《乱》，这么冗长的片子，我现在是怎么也看不下去的。终于找到一张能令我的神经绷紧的片子了。法国导演拍的《不可撤销》，著名性感女星莫尼卡·贝鲁奇主演。也许叫莫尼卡·贝鲁奇。让我再仔细看看。

猪头大人对这个片子也有兴趣："就看这个吧，兴许挺刺激的。"看来此时大家都需要刺激。

打开DVD播放机之前我抹了一把播放机的外壳，一层细密的灰尘在我的食指定居。


电视的镜头开始摇晃，我搂着猪头倚靠在沙发上，像傻子一样心满意足地进入了导演的骗局。观众是傻子，演员是疯子，导演是骗子。我总是这样想——而我们的生活就在同样的冒傻气、发神经和互相欺骗中进行着。

这个片子经过倒叙，从最暴力最残酷的故事的结尾出发，最后越来越暧昧温暖。就像热气腾腾刚刚出炉的馒头一样。天啊，我怎么又想到馒头了。

做午饭吧，我在考虑。反正片子即将结束。猪头最先是靠在我肩膀上，现在已经卧在我的肚皮上了。年轻的时候我肚皮上没有什么赘肉，不管男的女的，我的肚皮都经不起这样压。我还记得我的初恋女友当年把头埋在我怀里的时候都觉得透不过气来。好在现在中年发福，任凭猪头百般蹂躏，肚皮和肺部都表现得非常从容。让猪头从我肚皮上起来去做饭不太实际。

"饿了吗？"我虚情假意地问。

"有一点，还行。你呢？"她对我了如指掌，也就是说，看见我屁股扭动就知道我要放……什么话。这时候谁也不能首先承认自己饿了。"我也还行。"我轻描淡写地说。这种日子就是互相拉锯。

把《不可撤销》完全看完之后，我呼了一口气。老实说，挺过瘾的。莫尼卡·贝鲁奇是我从年轻时候就喜欢的女人，她在片子里面多次脱光了衣服，让我大饱眼福。即使她穿着衣服，同样是难得的尤物。她胸部完美，臀部也很合适，她身上的这两个部分都很像……馒头？

我的天。

馒头，馒头。确实饿了。"饭总要吃的吧。"我心想，然后把我心里想的说了出来："老婆，我们什么时候吃饭？"注意，这次我叫了猪头一声老婆。如果我有特异功能，我愿意我的肚子咕噜咕噜叫几声。这个时候最需要这种声音了，它能让我的祈求得到最大的效果。

"是啊，你饿了吗？"猪头的反问再一次令人失望。我多想她拥有那种助人为乐的精神，善解人意的打算。

"叫外卖吧。"我实在没办法了，我已经吃了多年的外卖，豆浆盒饭糍饭团之类的东西。做外卖生意的老板全是猪，几年不更新自己的产品，现有的产品也实在是乏善可陈。

"嗯，你打电话。"猪头发出号令。

连打电话的事情都要我来做，这之前首先还要挪动自己的身子去把电话机搬到猪头的脑袋上。

"喂喂，这里是肇嘉浜路。你知道我住几号。我要叫外卖……"

我已经无须把我家具体的门牌号码告诉他们，近几年来我一定是他们店最杰出的顾客。他们对我的服务倒也一直不差，二十分钟内会把我的午饭连同早饭一起送到我家门口。

让我抽根烟。

猪头现在躺在沙发上开始看上一个礼拜的《城市画报》《生活周刊》或者另外的某一份时尚杂志。

此时已经是正午时分，太阳升到了每一天作为抛物线轨迹的最高点。远处的人山人海，为生活而奔波，工作繁忙，连走路都像跑步。闹中取静，我每天都能在我家的阳台上看到上海最繁华的那一部分糟糕景象。有时候我也会偷着乐，相比那些人，我实在是为自己的生活感到高兴了。那些人为什么在国庆假期还要加班？而我却能在家等着一份别人给我送来的快餐？

我看到我家楼下一群小孩子并排走着，叽叽喳喳，好像在攀比着什么。

有人按门铃。

"去开门。"猪头发号施令。每一次她让我去开门，我总能想到那个Flash动画片——"大头，去开门。"妈妈命令哥哥，哥哥命令弟弟，弟弟命令妹妹，妹妹最小，只能命令一只叫作"大头"的狗。那只狗神通广大，不仅会开门，还会抱怨："为什么每一次都是我开门？"

"为什么每一次都是我开门？"我也会这么抱怨。

差不多应该是送外卖的。不用透过猫眼去看门外到底是谁了。

"您好先生，这是您叫的外卖。"多年来这句话无数次在我面前被说出。不过今天的声音有点奇怪，主要是音色上的。这个人不是平时的那几个年轻外来打工者。听声音，他可能是一个跟我差不多年纪的人。真奇怪，到了我这样一个岁数还在帮人家送外卖，这个人真没出息。咦？此时我的脑袋里停顿了一下——这个声音似曾相识。

让我抬起头来看看他。多年来我都没有好好抬起头看过给我送外卖的那几个年轻人呢。

"王东生？"我不是很肯定，"王东生？是你吗？"

对方似乎比我更加惊奇。他此时的神情很像一个滑稽演员。

"呵，小饭？"

果然是他。呃，差不多二十年没见面了，我的老朋友。

"东生，真的是你啊。"我欣喜若狂，扮演着至尊宝的那一刻激动劲儿。我真想一把把他抱进我的屋子。

"你居然住这里啊？呵呵，这儿离我的饭店很近。"

"来来来，进屋聊。"我把王东生迎进了我的客厅。

"哈哈，小饭，我们好像几十年都没见面了。"

"是啊，'女儿红'都可以有一茬了。你出国后就好像没再联系过。哎，嗨嗨，听人家叫我小饭感觉真奇妙，现在已经没有人叫我小饭啦，我这岁数，差不多该叫老饭了。"

"你这几年都在干什么啊，小饭？"他还是叫我小饭。

让我慢慢告诉他：这几年来，我什么都没干。除了做一只人体闹钟，经常一边抱怨一边弄早饭做家务，在阳台上看看这个繁荣繁忙的世界之外，我还干了点什么呢？

王东生这几年倒不错。他可不是什么送外卖的，只是今天他的几个伙计已经跑开，他只能亲力亲为。饭店的招牌可不能砸在自己的老顾客上。从国外回来之后，王东生搞起了餐饮。马上就要搞很多连锁店，他就要把他的那些店面弄成蜘蛛网，在城市的地图上互相拼接。他不像以前那样无所事事了，说出来的商业名词听上去也很专业，以至于我没有完全弄清楚他要将他的事业进行到何种高度。不管怎么说，如果一个男人想要有点出息，四十岁也是一个关键的时候啦。

不是每个人都像我一样没有追求。

嗯嗯，追求。我的追求就是要过最平静和自由的生活，自由和平静已经成为我对幸福的理解。

时间那么奇妙。和王东生的谈话仿佛让我置身于二十年前。我们坐下来之后马上陷入了愉快的聊天之中，聊了很多话题，一些人，平时总也想不起来的名字会出现在喉咙口。王东生跟我之间可谓是老交情了——世界上最老最深厚的交情。说出来很少有人会信——他跟我是小学中学大学十多年的老同学，世界上有这样缘分的人恐怕真是屈指可数。

可是仅仅聊了不到半个小时，王东生就说要走了。

"饭店还需要我去照顾。"他说话给人的感觉非常稳。我惊讶地发现他笑容可掬。在我对王东生的印象里根本没有这回事——他从来就是一个调皮捣蛋的皮大王啊。

我送王东生出了家门，拍了拍他的肩膀："经常来玩，随便坐坐，聊聊天。"

"一定，一定。"

猪头看见客人走了之后，就席卷了那些外卖。看她津津有味的样子我也不难过，因为我正面带着微笑逐渐找到了昔日的回忆。见到王东生，这对我来说无疑是一件无比激动人心的事情。我有太多太多有关他的回忆了。我的青春年华，至少一大半都是跟他在一起度过的呢。

"我去看书。"我对猪头说，然后我就踏进了我的书房。

我躺在我的摇椅上，双手抱住后脑勺。随着摇摆的椅子，我和我的思绪渐渐进入了二十年前……这个状态就像我在听广播新闻那样。

这个故事，我想，它会很长。

## 02 花样年华

回想二十年前，让我好好想一想，那时候我还很年轻，没错儿，我的身体完全不像现在这么胖，手臂上还都是肌肉，当然也没现在这么粗；那时候我的大腿就像青蛙腿一样，蹬起来非常有力量，整个人就像一枚等待发射的火箭，完全不像现在这么松松垮垮的；那时候我的脊背非常挺拔，因为瘦而更显得高，我常说自己"玉树临风"；那时候的我，可以说正处在花样年华。那时候最红的一部电影就叫作《花样年华》，并且引导了一股穿旗袍的潮流。不管年纪多大，臀围多大，女性跟从流行的气魄令人害怕。大街上呈现出一幅复古景致，你也几乎要相信自己后脑门甩着一根辫子——相信所有经历过那个年代的人都会记得曾经有过这般感受。

《花样年华》的主演是一对金童玉女，一个姓梁，一个姓张，不用说大家也知道他们的名字。他们那时候太红了，红的就像太阳一样。当我回忆我的大学，首先想到的四个字，就是这部影片的名字。我现在差不多四十岁，二十年前，加减乘除，那时候我刚好是二十岁吧。如果一个人的二十岁都不算花样年华的话，这人的一辈子还有什么更好的年华吗？

那时候我经过一场莫名其妙的考试，终于得偿所愿读上了一所大学。上大学并不如我想象中那么令人兴奋，它就像我生命中一段固有的轨迹，我只是一如既往地在我的轨迹上持续滑行。

关于我的大学，嘿嘿，最先让我想到的是我的一位女老师。在我大学的一年级，我大多坐在教室最后一排干枯的凳子上，整天两眼无神地看着那个年轻的女老师。她是教我英文的，说实话，长相只能算一般，但我感觉她有一些与众不同的味道。从大学一年级开始她就教我，一直把我的英文课教到不及格为止。她真是一个古怪的人，对她的印象完全集中在她的穿着上——我清晰地记得她总会穿一席黑色的长裙，夏天穿丝的，冬天穿棉的。在当时，这种装扮引起了无数同学的猜忌。年轻的男孩儿总是要讨论跟他们同样年轻的女老师。经过我们的总结，无论英文老师她穿什么，脸上都会有一颗黑痣。相比她的穿着，这颗黑痣更加令人心旷神怡。这颗黑痣从她脸的一端摇摇欲坠，我同时也相信，这颗黑痣代表着这个女人好福气。

她上课最喜欢点同学的名字，到现在我都搞不清楚她这样做到底是为了什么——更令人愤怒的是，她居然老是点到我的名字。我的名字是我爸爸妈妈给起的，所以我觉得要对我这个名字负责任的人是我的爸爸妈妈才对。可是没办法啊，我爸爸妈妈不在，于是我就站起来，无精打采地答题。有时候把题答错，但我也不会生气，因为这根本就没什么生气的；有时候答对，那我就更高兴了，全班都会为我鼓掌，气氛非常感人。其实不论我有没有答对，我的回答总是能让这个不怎么漂亮的女人笑得花枝乱颤。当我答错，她就会很主动地为我更正，然后请我坐下。她请我坐下的时候左手捧着课本，右手在空中做出了一个非常优美的滑翔姿势。这个手势是我同学告诉我的，最开始的时候，我完全没什么心情看她的右手表演。

大多数情况下我一脸沮丧地坐了下来。不知道为什么，整个教室的氛围也由此趋于尴尬，而我失望的神情溢于言表。

那时候我坐在教室的最后一排，靠近窗口的地方。窗口之外，就像一个万花筒，什么都有。我看看窗外，发现此时已经是春天。在越过人群很远很远的地方，我还看到了一大片黄色的菜花。那些菜花的色彩太强烈了，让我不能不注意到它们的存在，就如同红绿灯一样醒目，可是菜花们永远也不会变红或者变绿，永远都是黄色——以至于，在菜花两边的行人总是那么迷惘：到底是该停下来呢，还是该继续往前走？这可真是一个问题。但我马上想，假如我也会开花，一定会开黄色的花，看上去是那样的醒目，那么远都能让人看到，还能让别人不知所措。看到别人不知所措我会完全没来由地高兴，这到底是为什么呢？

在窗前我抬头仰望，伸出我的舌头，舌苔因为在课前喝了很多芬达而泛黄。我想表明，我的舌头就是我那黄色的花蕊。我还想到，在这个春天，正是我年轻的生命要怒放的时候啊。但是我为什么觉得寂寞，觉得缺少爱？我心中有一万个问题困惑着，可是没有人能回答我。

在一阵阵幻想之后就下课了。下了课，我背起我空空如也的书包，走下楼梯，信誓旦旦地准备去实践我的青春。空空如也的书包让我整个人就如同在飞翔一样。飞翔中的我突然间听到一个扎了蝴蝶结的女孩子和她伙伴们的谈话。她们说话的时候提到了我的名字——我耳朵可真长，但我发誓我不是故意的。我听到她这样说：

"今天那个白痴老师又叫那个王八蛋了，那白痴老师一定是对他有意思。"

"小饭他妈上课的时候也真有意思。老是要看那白痴老师的脸干什么？"另外一个这样回答。

听到这样的对话我不知道究竟是我有意思，还是我的老妈有意思。而且她们在背后辱骂我的英文老师。这让我的确很生气。所以我低声慢慢地问道："是吗？"然后加快步伐走到她们面前朝她们的脸上看去，哇。原来两个都是麻子脸，脸盘也很大，非常不可爱。我心想，不看我老师的脸难道还要来看你们的麻子脸吗？我越想越生气，但我的脸上还是很有礼貌地露出了一个微笑，又很快走开了。像她们这种麻子脸，我根本没有道理生她们的气。不仅是我，我还让我和我的老师一起原谅了她们。我觉得我真伟大。

在这个清明时节，上大学一年级的我穿着一身土灰色。大街上，人家看到我就打量我，以为我是一只从乡下流窜出来的老鼠。我的眼睛上遮有一小撮头发。我透过这一小撮头发，看到路上阳光明媚，完全不像清明的节气。在学校的每一条大街上还有为数众多的男男女女，他们或者手牵着手，或者勾肩搭背，还有个别不要脸的搂在了一起，就像连体的青蛙一样蹦蹦跳跳。不管怎么说，这都是对我的刺激。对单身的男孩子来说，每一对恋人都是他们的敌人。每次看到敌人时我都愤怒地加快步伐离开。在大街上就是这样的情形。

不久之后我又回到教室里。教室是当学生的永远的归宿。有时候我坐直了身体听课，还会做一些潦草的笔记（这种情况实际上相当少）；有时候我干脆就趴在课桌上睡觉；还有时候我就无可奈何别无选择地回答老师提出的各种问题。这些问题都是一些借口，就像那些麻子脸们所说的，这个老师也许暗恋我很久了，因此很想听听我的声音。每时每刻，对心仪的人，听到对方的声音谁都一样，马上会因此而激动万分。在教室里，我和这个年轻的老师正看着对方，好似从没把其他的人放在眼里。我知道已经有了一些闲言闲语，但是谁在乎呢。

那时候我还没有女朋友，视一切恋人为敌人，这让我的精神压力一直很大，每天赌气练哑铃。我以为只要我练哑铃就能让我成为一个顶天立地的男人，对每一个女孩儿都保持着强大的吸引力——宽大的肩膀，硕大的胸肌。可是我也不希望活在一堆哑铃之中。因此我想，假如英文老师她主动开口的话，我就答应下来吧。我，小饭，已经是一个堂堂的大学生啦。

我总是记得疯狂的文艺女青年追随着诗人和艺术家。我很想告诉她们，学哲学的年轻人更牛×。当罗素的姐姐不知道海藻会不会思考的时候，罗素就对她说"你应该学习"。

你看这口气多牛×啊，只有学哲学的人才会说这么有气魄的话。而我就是一个学哲学的。可是那些文艺女青年呢？她们都到哪儿去了呢？

有关我的大学，我还有很多话要讲。在那个年代，我喜欢读书，但是不喜欢上课。假如没有那个年轻老师的存在，我完全有可能不去课堂，到那儿一蹲就是半天。英文老师渐渐成了我的一个感情寄托。进大学没多久我就留有了披肩的长发，标榜自己喜欢摇滚，是一个朋克青年，时不时很愤怒——不管怎么说，那时候我自己觉得自己很酷，我猜我其实是很多女孩子暗恋的对象，英文老师只是其中之一。但这只是我一厢情愿的异想天开的猜测。我当然希望这个猜测是真的。可是即便我的猜测属实，她们也都不对我开口，这一点我也没有办法。她们习惯于矜持和含蓄。之所以有很多时候女孩子们会在我的背后说我的坏话，讨论我，说我很有意思等等等（而不对我表白），那是因为她们的脸上都有麻子，她们觉得配不上我。我猜这也是她们没有足够的信心对我开口的真正原因。我把一切问题都归结到那些女孩子不够自信，因为我觉得自己太了不起了。那时候我简直就是一个自负至极的疯子。

我当时常常这样想，每一个男人都应该从事伟大的事业，否则就很窝囊。我对自己痴痴迷迷，而对未来充满信心。但是这些凭的究竟是什么呢？我就想不出来了。很多东西让我不停地琢磨，弄得我披肩的头发里混杂着不少银发。总体来说，后来令我脸红不已的唯一一件事情就是，我二十岁的时候还是个单身汉。

那时候我老是睡不安稳，每个晚上都会做梦。有时我的大脑还经常换频道，一个晚上做了五六个不同的梦。那次我做梦在浴室洗澡的时候我一遍又一遍地抚摸我自己凸出的肋骨——你知道，有一种说法是肋骨代表了女人——马上，在梦中，那根凸出的肋骨就变成了我的英文老师。这可把我吓了一大跳。不到万不得已，我可不想搞师生恋。但当时那种境况下，我似乎只能搞师生恋了——周围长有一张麻子脸的姑娘越来越多，相比之下，一年四季都穿着黑色裙子的英文老师对我还比较有吸引力。

在做过那个肋骨的梦之后，有几次我还真想写一封情意绵绵的肉麻信给我的英文老师。当我鼓足勇气把第一封肉麻的信写完的时候，一切都变了。虽然江湖上早就传言英文老师找到了她的真命天子，跟她的真命天子已经同居，但我才不信呢。直到亲眼所见，我才不得不打退堂鼓。这对我的打击实在很大，因为英文老师就好像是我的最后一根救命稻草。

有关英文老师的那个"真命天子"，我还想说一点当时的情况。他对我来说，就是一个半路杀出来的程咬金——我鼓足勇气，想铤而走险，往"师生恋"这条危险的道路上闯一闯的时候，我几乎每天都要跟踪我的英文老师。不用说，白天上课的时候表现得就更加卖力了。我要表现得十分上进，不停地举手，即使最后还是老把问题搞错，但这不会影响英文老师对我的刮目相看。这种不平常的表现当然同时也遭到了同学们强烈的不屑和斜眼，可我还会在乎这些吗？下课的时候我带着我的随身听，把耳机塞到我的耳朵里——其实里面没有在播放英文磁带，而是流行歌曲。我只是要装出一副用功学习外语的假象。我还是很成功的，有很多次，英文老师在路上把我叫住。

"小饭。"英文老师的微笑令人难忘。她口齿清楚，声音温柔。

我装作糊里糊涂的，其实我心里有数呢，在老师面前悠悠地踱步、投入地听港台流行歌曲完全是我精心设计好的。我一脸懵懂地回头，扯下了一根耳塞，说："老师，我在听英文磁带呢。"

这样直白的表达让我的英文老师经常露出调皮的笑容。我心里也乐开了花。我不用担心老师是不是真的怀疑我在听什么，她的笑容就是我最想看到的。

可是事情总是在最顺利的时候转弯，那天我手里兜着那一封肉麻信（我苦苦憋了一个礼拜的杰作啊），按照原先的计划等在那个路口，总觉得有点不对劲。我浑身不舒服，不自在——因为有另外一个男人也在我眼前晃来晃去。我想，你晃什么呢，还不给我老实点。可是他还在晃，我简直忍受不了这样的男人，一边晃一边还在不停地照镜子理头发。当时我就真想打他，最无法忍受这种小男人。想一想，我真是后悔没有打他啊，要是当场把他打死——即使没有打死，把他打昏过去早一点把他送进医院，我的那封肉麻信就能交到我的英文老师手里，也许英文老师会突然改变主意，不跟那个人同居而跟我相好。正当我背身下定决心要对那个油头粉面的小男人提出警告时，老师就在那一刻出现。

"小饭。"老师的声音在我耳中正在变得越来越动听。

"哎……"我回过头来照例扯下了一根耳塞。眼前的一幕就这样发生了。英文老师用手勾住了那个小男人。这样一幅景象太可怕了，就如同有人在我面前吃掉了我最后一粒最喜欢的糖果。我再也说不出一句话，任凭我的老师随着那个男人消失在一片树林之中。至于他们走出树林或者根本没有走出树林，我已经不在乎。我觉得当时我就快哭出来了。可是我的一个耳机中还在唱着张惠妹最著名的那一首："我想哭但是哭不出来……"

经过了这一次最为残忍的打击之后，我想我再也找不到去上课的动力了。在那个春天的尾巴里我一天比一天悲伤，日子一天比一天难挨。为了振作精神，我不得不经常去学校附近一家小饭店喝一点酒，点上几个小菜。在精神遭受重创的时刻，一定要让胃口挺住。

说起那一家我经常光顾的小饭店，我又有很多想说的。每一个大学生都会交到这样的小饭店老板朋友。我的这家小饭馆的老板后面还要加一个"娘"（就是一个娘儿们开的馆子），她就是我的好朋友。因为长相不怎么样，一直没有对象，也一直被我们叫作猪大妹。这么称呼她一点也没有贬低她的意思，起码我一点也没有，连现在的老婆我都叫猪头呢。要说我去光顾猪大妹的生意，可不要乱猜测。虽然我已经失去了我的英文老师，虽然我也曾经一度想让猪大妹看一看那一封肉麻的信，但猪大妹实在是太"猪"了，天下就算只剩下她一个女人，我也宁愿打一辈子光棍儿。我只是把她当作一个可以乱开玩笑的朋友、忘年交。

　　猪大妹给我上了些不是很贵的菜，还有一些廉价的啤酒。她从饭店里面搬出那些啤酒的时候就像举重运动员一样神气。她每一次乐呵呵地朝我微笑，而我就咕噜咕噜地喝着。那天我喝到一半，眯缝着眼突然看到对面的座位上有个女孩儿正在对我微笑。当我再眯缝一下，仔细看了以后，发觉这位女孩儿很面熟。容我仔细想一想，发现原来就是一个班的。这真是个惊人的发现，所以我跑过去跟她说：

　　"怎么了啊？你的脸上没有麻子了？"

　　她说："弄好了。"还说，"好看吧？"

　　整容术真是太美妙了，我想。然后我说："好看，陪我一起喝一点吧。"

　　"行。"真爽快啊。

　　"喝什么？"我问。

"可乐。"我晕。

现在说一句,这个女人原本是很胖的。根据我的观察和经验,脸上有麻子的女孩通常都很胖。但是当时我竟然没看出来。我居然就和她坐在一起喝了几杯。那时候我已经晕晕乎乎。所以我想,这女孩儿胆子也够大的,不怕我下流吗?不怕我酒后乱性吗?难道我真的不像坏人吗?

我深情款款地朝她的脸上看去,希望最好能发觉一点东西,比如说一点点暧昧的眼神之类的小暗示。当时有一盏小灯挂在我和她的头顶上。灯光照耀下,我看到了她鼻子里的鼻毛很长,而且是外向地散发出来。我想是我喝多了,一直看着鼻毛竟然觉得很好玩。因为那好歹也是我第一次这么凑近一个女孩子的脸,以及很有特点的鼻毛。她很疑惑我这么专注的原因,就问我:

"看什么呢你?难道我真的很好看?"

"开什么玩笑?我在看你的很有特点的鼻毛而已。"我学着最为流行的周星星张开嘴巴哈哈大笑起来。

后来我看到她的脸一红,连连对我说抱歉,说是因为早上起得晚忘记修剪了。剪鼻毛那么重要的事情都能忘记吗?我心里对她产生了一千个不满意,可是嘴巴却说:

"完全没关系啊,看上去还凑合呢,非常有个性。我想长都长不出来呢。"

说了这句话以后,也许是她感激我,也许是她破罐子破摔,就很想跟我有一腿,对我拼命眨眼,我期望得到的那些暗示都被她非常明确地表达了出来。可惜我实在不喜欢那么长的鼻毛啊，所以她理所当然地被我拒绝了。我们没有跑到小树林里，也没有久久地待在里面。在这样的情况下，我和她自然也没有久久地接吻。

那一晚的大概情况就是这样的。我们什么也没有干，因为我看不上她。喝完小酒，我就回去睡觉了。

当我准备睡觉的时候，我突然觉得这件事情对我将是一个转机。但是转机从来都不是预言性质的，只有当回顾历史的时候才能体会到什么是转机。就像我们现在回顾"二战"，觉得珍珠港事件是"二战"的转机，那时候日本人怎么会明白呢？我预感到这是一次转机，然后很兴奋，居然睡不着了。

我二十岁的时候还是个单身汉。

我二十岁的时候还是个单身汉。

我二十岁的时候还是个单身汉。

……

我在床上不停念叨着这句话，看看自己能念叨多少遍，其功效就像数绵羊一样。我念着念着浑身开始发热，觉得自己的身体好像即将烧起来，同时背脊上汗水如注，就像夏天已经提前来到了我的床上，恶狠狠的太阳正在煨烤我的被子和床单。我觉得我好像已经发烧，天花板在跟我玩地理课上的大陆板块漂浮游戏。忍了一会儿，最后我决定服用感冒药。乱用药是我这个人的毛病，完全不管"是药三分毒"这样的古训。我忘记了那个药是否是后来被医学家指定为含有对人的身体有害成分的那一种，总之那个药效果很显著。我马上就睡着了。

可见世上最好的安眠药还是感冒药。

我到了四十岁才明白，任何一种安眠药只是让人变得迟钝和更加愚蠢。而一个人一旦迟钝和变得愚蠢，他就已经不需要安眠药了。

## 03　一条很滑很滑的路


　　第二天早上起来的时候，我觉得天气已经变得有些热了。我穿着宽大的白色衬衫，身体就像穿梭在一片云层中。我的头发看起来很像一把扫帚：不仅很硬，也很宽大，就像雷公凿出来的闪电光束一样；我的脸色青白；我无精打采地从房间的一头走向另外一头，最后走向阳台。五月初的阳光直刺入我的眼睛，企图刺瞎我的眼睛，这更加剧了我眼睛的肿痛，让两只眼睛几乎没办法睁开来。也许昨天又没睡好吧，我心想。我的睡眠总是不好，总觉得有人在我睡着的时候吵我，而且是故意的。

　　早上起来之后我一直盘算着想煮个鸡蛋吃，或者喝点豆奶什么的东西。忽然之间被我的呼机响声打断。

　　呼机真是一个神奇的发明，那时候我天天这样想。直到后来手机诞生了，我才知道世界真的很奇妙。

　　我的呼机上说：


　　王先生留言，你家的房子着火了，某年某月几点几分。

　　如果是一般的正常人，收到这样的留言非急死不可，一定乱跳脚——可惜我很清楚，这是条假信息。我辨识这样的假信息就如同做了三十年收银员的中年妇女对假钞的辨识力；假如一般的正常人收到这样的假信息，也可能被气得半死，我也没有被气死，或者说老早就被气死掉了，后来已经复活。一天之中我总会有这样的意外遭遇：或者是家里着了火，或者是家里死了人，又或者是家里被抢了个空等等诸如此类的事情，总之都不是好事情。这些消息全都拜王先生所赐。而这个王先生就是我的室友王东生同学（就是那个开饭店的在二十年后的一天中午给我送外卖的中年男人啊）。此人当时睡在我的上铺，是睡在我上铺的兄弟。以前在小学时，他是我的小学同学；在初中，他就是我的初中同学；到了高中，他还是我的高中同学；现在居然是我的大学同学，真叫人不可思议。在大学报到的时候，我在宿舍寝室门口看到了这个熟悉了十多年的名字——王东生。当时我的眼珠子就快掉了出来，十二年同学做下来，到了大学还要待在一个寝室，这种缘分是要修一万年的吧。

　　可想而知我对王东生这个人有多了解了。比方说他的手臂很粗，一使劲儿手臂上还青筋暴起；他的腰上没有赘肉；身上的各种肌肉交错生长。总体来说，他既不是个好学生，也不是个大好人，但是相当聪明，他对我又很够哥们儿——所以我还是很喜欢他，尽管他什么好都轮不上（谁也想不到他居然能在二十年后做了大饭店的老板）。那时候有一阵他这个流氓经常跟我们畅谈女孩的两大定律：

第一，女孩穿得再多也觉得自己什么也没穿，很性感；

第二，女孩再没有姿色也觉得自己很有姿色，很美丽。

每次他的谈话都让我隐约看到了《挪威的森林》里永泽的影子。村上春树的这部长篇小说在那个时候真的是很红火呢，真可以说是人手一本。

而我觉得小说中的永泽就像一条很滑很滑的路。

王东生在上铺翻身之后顺便打了一个哈欠，听到我的呼机响过之后还对我吐舌头笑，我也哈哈哈地笑。我说："老把戏，换点新的吧。"

"哪有那么多新东西？太阳底下没有新东西啊。如果我有新把戏，那我就该去当个小说家玩玩啦。"王东生嬉皮笑脸地说。我其实对他毫无办法。我跟他在一起是因为无聊，他跟我在一起想必也是这个原因。也许一个人缠着另外一个人，无聊是最根本的理由。


中午时分，我打听到天气预报上说今日气温有摄氏二十四度，就改穿蓝格子的短袖衬衫，又换了一条不是很厚的灯芯绒裤子。但是我没有运动鞋，所以只能穿一双蓝颜色的拖鞋。我经常这样打扮就去上课，完全不给老师们面子，睡睡觉或者塞一个耳塞听一点中国北京的摇滚。当然这是我追求英文老师失败之后的情况。王东生知道我追求英文老师失败这件事情之后，轻描淡写地说："傻啊你，天下姑娘多如牛毛，不用单恋一枝花。"

上完课以后，王东生就把穿蓝格子衬衫的我带入了一间茶坊，说要给我介绍一个女孩儿，解解我的苦闷。

"随便玩玩。"他这么跟我说。

我既没答应他，也没拒绝他，我就是没事情做。我睁大了眼睛，期望从他的脸上看到我的将来。其实我什么都看不到，只看到了他眼角边的眼屎。我不相信自己的将来有关眼屎，但也不由自主地踩上了这一条很滑很滑的路。

"什么样的女孩儿啊？"我还是问了一句。

"知识分子把我们这个年纪叫作'花样年华'呢。"王东生轻松地说，没有理会我。

"别看我不是很正经，我也不是喜欢那样子。"我一边推辞一边跟他笑。

"哪样子？你少来。那你喜欢什么样子呢，小子？"

"嗯……我也不知道。"我知道什么呢？我喜欢什么呢？我真是不知道。我想我是在混日子，生活对我来说还没有什么重大意义，连英文老师都有了男朋友，我简直已经没有任何指望了。

"最后大家不也都是一抔黄土吗？"王东生说。

听到了这句话，我又想到：我已经二十岁了。我二十岁的时候还是个单身汉。一个单身汉，无伴终老，最后变成一抔黄土未免也太可惜了。

于是就拎了拎我的腰带，说："走就走。"

其实这样的事情大学生都经历过，在各种场合遇上新认识的女孩子，就如同在玩具店欣赏各种电动兔子，最后，满心希望能带回家一只最心爱的。区别在于我没有很坚定的信念，完全只是想碰碰运气，见见场面，顺便看看别人是怎么挑选电动玩具的，仅此而已。王东生并不是什么老手，他也是到了大学，感叹着属于他自己的花样年华才有这种"最后大家不也都是一抔黄土吗"的想法的，我想是这样。

"你认识吗？漂亮吗？"

"我也是哥们儿介绍的，见面就知道，不漂亮咱就走人。反正都不认识。"

我总是能记得，那天的阳光很好，很灿烂。当夕阳西下，天空全变成了红彤彤的血色，着实也令人兴奋。

在我二十岁之前，我很想留一头长发，因为我觉得我该这样干。我当时喜欢的朴树和郑钧都留有长发——至少留过那么一阵子。长发代表了我与众不同，或者我要与众不同。如果别人反驳我，我就也反问别人：

"难不成等我四十岁再留长发吗？"

别人随即轻描淡写一笑。

在那个尴尬的时候，我的头发不长不短，非常难看。好在我已经对自己的容貌完全不在乎了。2000年，我已经对自己的长相不在乎了。

当时有一个女孩说我那句反问很好，的确不应该人到中年的时候再干出那些年轻人才干的荒唐事情。之后，她自我介绍，说她叫李悦。我看了看她，她只是努了努嘴。她就坐在茶坊的里面，就是那个王东生让我新认识的女孩子。

我打量着这个叫作李悦的女孩儿。她的头发跟我差不多，梳得像个孩子一样。在她的脑袋上也晃来晃去的，我第一次看到就很满意。

另外一个女孩子说我的头发留得不整齐，希望我能把自己的头发修干净一点。王东生就解释说："小饭这可是八十年代的朋克打扮。你懂吗你？"

我只是看坐在我对面的李悦，甚至有点儿着迷。她的脸很干净，对我微笑的时候让我感觉太舒服了。所以我完全没有管另外一个女孩儿说的是什么意思，也不管王东生说了什么话。那时候我就坐在李悦的对面，非常投入地看着她的脸上时不时浮出的笑意。她穿着蓝色的毛衣，那毛衣有一点点的紧身，在这个基础上我看到了她的胸口有两个苹果（不是馒头），更是让人满意。这两个苹果又大又圆，甚至发出了闪闪的亮光。

当时我们坐在一家小茶坊的角落里，身旁不远处还站着一个皮肤黝黑的中年女服务员。我不仅看到李悦，还看到了这位大妈，生活在这样的世界里，足以说明世界对待每个人的不公——什么是好看，什么是不好看，简直高下立判。这样一来，从一开始，我也就不能不爱李悦了。

"喝什么？"中年大妈提醒我们必须喝东西。她一定知道喝东西能让人永葆青春。

"啤酒。"我说。

"啤酒。"王东生也说。

"啤酒吧。"没想到李悦也要喝啤酒，这可真奇怪。我看了看她。她从容而坚定，就像一名女战士。

"我喝珍珠奶茶。"最后一位姑娘轻声说道。

"我们来玩牌。"此时王东生建议。但是我不想玩牌，我对扑克牌本来没什么兴趣。我甚至只想看李悦喝啤酒。但是两副扑克牌却砸在了我的面前。

A、K、Q、J、10、9、8、7、6、5、4、3、2。

对了，还有大怪和小怪。要我搞清楚这些可真不容易。

那天打牌打得很晚，我的头一直有点昏昏沉沉。我觉得我状态不佳，只是一直在那儿死撑着。也许那时候我就对这个李悦有了一点点幻想，这才让我一直撑到最后。在王东生的坚持下，临分别四个人还是留下了各自的通信地址和联络方式。我把李悦的地址塞到了我的口袋，而把另外一个姑娘的电话丢在了风里。接着我和东生两个人打了一辆车回了学校，并不知道另外两个女孩儿去向哪里。那时候我就觉得头不仅昏，而且还有点疼，眼睛睁也睁不开，冲着马路伸了伸手，就有一辆白色的出租车"嘎"一声停在我和王东生的面前，就像要撞倒一个路人而发出的急刹车声音。而这回来后的事情我已经完全记不清楚了。王东生似乎也从未跟我提起。

## 04 梦的开始

认识李悦的第二天，我起得很晚。起来的时候我依然发觉自己浑身发热，这回是我几乎要把整张床烧起来。这其实只是说明我做了个不好的梦。我想了一想，把这个梦给想了起来，这也很不容易。天天做梦，至少说明我还有梦想，而这个梦想就是这样的：

时间回到了幼儿园里，那是我的儿童时代。我和我们班级里眼睛最大、睫毛最长的女孩子有了一次约会。我们两个在一个晴朗的春日午后，背靠背地坐在一片草莓田地里，她摘了一个草莓扬在我的面前，说：

你看啊，这个草莓像什么样子啊？

嗯——我想了想，觉得我的想象力在小时候并不太好，就说，来点提示好不好啊？

好啊，它像什么东西的头呢？

像牛的头？

不对啦。

像猪的头吗？

也不对啦。你笨死了。没劲。她看上去有点生气，别过头去。

我摸了摸脑袋，实在是很窘迫。因为我的家里除了有一头牛，十几只老猪之外，再也没有别的动物——以前还有条小黄狗，可惜被我电死了，但它的头跟草莓也无任何相像之处。于是我就说：不知道啊。

嘻嘻，像王八的头啦。你看看，你去看看，到底像不像？她看我实在猜不出来很痛苦，于是就高兴地告诉我答案。

我说，看什么？

看你自己的王八啦。你也有的，对不对？她皱起眉头就像一个小天使一样。

我登时更傻掉了，想：原来是说乌龟的头啊。小姑娘家家的也不害羞。我说不看，要看你自己看。

那你脱裤子让我看。她命令我，表达了相当的决心和勇气。可是我害臊啊。我护住了自己的裤子和腰带，满脸通红。不行不行。你怎么能看我的那个东西呢？

你刚刚还说让我看的，现在居然又说不行？你说话不算话……她气急败坏，她好像生了很大的气，摆出一副不再理我的样子来。

在这个梦境里，天是个很明媚的春天，她穿着棉布做的小花裙子，还有小花衬衫，除此之外，还有玲珑的小手腕儿，手腕儿上有一串珠子，在阳光之下格外的耀眼。

好啦好啦，给你看就是了。我无奈就妥协了，我不想她不理我。于是我慢吞吞地解开我的裤子，究竟是拉链呢还是裤腰带，在梦里我不记得了。

这种话真是怎么说得出来啊？我怎么能给她看呢？那可是最宝贵的东西了。在梦里我好像马上又后悔了，所以后来我也不记得究竟有没有给她看。总之后来似乎她不再生我的气了。对我轻轻地说：小王子啊，你真好。

我们的坐姿变化得很快，这个时候我已经用双手紧紧挽住了她的腰，看得出她很幸福。而我则更加情不自禁，把她抱起来，格外用力气，咿咿呀呀。她开心地问我：

小伙子，你到底想干什么啊？

我说：嘻嘻嘻。

我意识到我的冲动，而且是莫名其妙来的，我没希望这个样子。所以我说，这是天然的。当时我的脸正对着她的脸，我的嘴也正对着她的嘴。我们两个都呼吸紧张，我闻到了她的口气清新，是金庸所说的：吹气如兰。因为这个缘故，我马上吻了她的小嘴。当然，我还想做点别的事情。

我正在快乐的时候，突然想到：我已经得到了如此好看的一个女孩子的初吻，简直是不枉此生。

我抱着她挪向一棵很大的树，就这样脸上一直保持微笑，我的小手还不时地到处摸索，真是亏它做得出来。

她坐在我怀里很高兴，她的笑容和阳光一样灿烂，她还把她手里的草莓塞到了我的嘴里，问我甜不甜？

我说甜，开心地嚼了起来。

那我一辈子都给你吃甜的东西好不好？

我说这不是妙极了吗？

那你可是要这样抱我一辈子的。不能怠慢我，否则，哼。

我说嗯。完全没问题。

我嗯了之后，忽然之间听到了唔啊唔啊的警鸣声，我就抱住这个女孩子到处乱窜：我想肯定是谁拨了110的报警电话来抓我。我当时想到：我是坏人，不仅偷吃了伯伯家的草莓，还把一个漂亮的女孩子拥入了我的怀抱占为己有。而且我这样猜到：肯定不是伯伯拨的110，而是女孩儿的老爹老妈——伯伯种了大量的草莓，不会小气到在乎我嘴里的一颗；而叔叔阿姨只生一个女孩儿，难免会吝啬。

不管怎么样，我一定要逃了。我是个自由惯了的人，让我蹲大牢不如让我去死好了。跑着跑着，我就跑不动了。这个女孩子越来越重，背着她让我气喘吁吁。这个时候，眼前突然有了一条大河，我说：咱们跳不跳？

要跳你跳，我干吗要跳呢？女孩子似乎不肯与我生死与共啊。我听后气得要命，把她从背上摔下来，说，那我又为什么要跳呢？

鬼知道呢。你这个家伙没人性的，摔得我痛死啦。

于是我很想跑过去给她——这个小娘儿们一个巴掌。但也在这个时候，我良心发现，睡醒了。

回忆了这么一个梦境，我自己对自己笑了笑，觉得自己很好玩儿，又觉得这个梦非常好玩儿。这个梦，几乎就是我的梦想，而我的梦想，仅仅是一个春梦。也就是说明我在想女孩儿。如果我是一只母鹿，那就说明我已经处在发情期。睁开眼睛后王东生突然出现在我的面前，把我吓了一大跳。他在我的床边说：

"你醒啦。走，吃饭去啦。"他总是那么热火朝天，风风火火。

我抓了抓自己的脸，让他等等我。我又问："话杰呢？"

"已经走了，就只有你跟我了。我也刚刚醒过来的。你做了什么梦啊？吵死我了。"

我呆呆地看着他，灵机一动，就说我梦到李悦了。其实我是瞎说的。我想既然这个梦很有意思，就让它再变得更有意思一点吧。

此时王东生已经穿好了衣服在床下晃悠，他的拖鞋像只大船，把他的高大身体载在上面。这种现象足以说明他的拖鞋质量非常棒。这双拖鞋就像王东生的衣服一样，几十年如一日，从不坏。

在食堂吃饭的时候，王东生经常眼神飘来飘去的，形迹可疑。而我总是闷头大吃，吃完后等着他慢吞吞地细嚼慢咽。当然我也理解他，他渴望那种食堂爱情，见了面吃顿饭就能亲热起来的那一种。王东生的爱情就是这样的，可是他总碰不到田螺姑娘。

现在让我来好好回忆一下我生活过的那个寝室。那间屋子也许现在还能找到，可是我没有鼓起勇气去找。即便找到，我也没有勇气叩门而入。当年那间宿舍一共住了三个人——本来是四个人的，另外一张床铺却永远空着，从开学就一直空着。传说那个人在来学校报到的那个早上心脏病发作，但是我也听说了另外一个版本，说他缺席报到是车祸所致，没送到医院就已经一命呜呼。因此，我分不清楚那位老兄为什么不来学校上课，如果他还活着我倒是很佩服他长期罢课的勇气。总之因为这位老兄的缘故，我们的寝室就只有我跟王东生，还有那个话杰三个人来分享。我和王东生本来就很熟，而话杰基本上是个特立独行的人。他有点内向，身材一般，有点近视，也有点驼背，皮肤却很白……差不多，我只能回忆这么多。

我们仨在一起玩得最多的就是暗黑运动。据说这么个叫法是从一个游戏中发展出来的。（所谓暗黑运动，就是大家黑灯瞎火地胡闹，有时候拿一个篮球，有时候也拿一个足球，差不多就是这样子了。）

暗黑运动长盛不衰，大伙儿都是很起劲，跟课堂上的气氛基本是反过来的，我们仨的表现都一样活跃。大家捧着皮球跑来跑去，根本不知道累。有人说生命在于运动，这话没错，但是另外的说法是要长寿在于不动。那个时候我们谁都没想到过长寿不长寿的问题，动得厉害。我穿着新买的假鞋——鞋子本身没什么假不假的，只是一种假牌子的鞋而已。这双鞋的外包装上是印着"NIKE"，以及一个很好看的勾；塑料袋上是"adidas"，是老式的那种盛开的花；然后鞋的本身，上面却是锐步的花样，很让我佩服的是那个猪大妹只卖给我几十块钱。

这就又得说到买鞋了。那是在一个下午，这个下午天气也很晴朗，风吹的感觉也很好。好像是有人建议说：这么好的天气，不如踢球吧？

我马上同意了。可是结果找来找去没发现我的鞋，很光火。所以到学校后门的猪大妹那里去看看鞋子，想合适的话就能马上买一双。结果还真被我找到了一双，高兴起来几乎要欢呼。然后我跟猪大妹耍了一个阴招，逼她就范，说了一大堆鞋子的坏话，企图用低价钱来收购它。后来她就笑嘻嘻地把那双很名牌的鞋给了我，我马上也换了鞋去踢球。这件事情的意义在于，我是个买鞋的高手，而且，猪大妹真是厉害，斩了我一刀也不让我知道。这是我后来才发现的，因为同伴也买了这样一双，价格更便宜。在这个发现之前，我一直认为猪大妹对我很够意思，只是长得难看了一点。但是这之后呢，我就非常讨厌这个猪大妹——对于我讨厌的女人，叫她猪大妹真是太令人解恨了。之后碰见猪大妹这个娘儿们的时候，我就一直对她瞪眼睛，以表达我的憎恨，心里念叨：猪大妹，哼，猪大妹。

现在我又要来说说猪大妹的事情了。猪大妹是我们学校的大老板，也是大老板娘，在我们学校后门那里简直就是一个垄断的资本家——她不仅有零售业的部分，还有餐饮娱乐等等的部分，都搞得不错，也都非常赚钱。经历了这件事情，我跟她关系就不好了——以前都还是很好的，居然还有人谣传我跟她之间有了一腿。假如猪大妹还不算难看，这倒并不是没有可能。只是猪大妹腰圆腿粗满脸横肉，非常吓人，也非常像农村家庭养的猪，我姥姥家就有这样一头，我给它起的名字就是猪大妹。后来我说出姥姥家猪的名字后，大家都声称说是我给猪大妹起了这么一个很恶劣的绰号——这完全是诽谤我，或者是挑拨我跟猪大妹的关系，幸好猪大妹一直都被蒙在鼓里，没有跟我翻脸。后来也不知道怎么的，斩了我一刀，我就跟她翻了脸。

在我上大学的时候，通过抽样调查，几乎没一个人真正喜欢读书的，读书几乎都出于一种无奈。据我所知，放眼世界，很少有人真正喜欢读书——无论是那些专家学者，还是狗屁知识分子，很多人其实都是出于无奈，当然有例外——另外一部分人喜欢读书是因为喜欢从各种书中读出种种的幽默感，引人发笑；读出各种黄色的信息，令人激动。我觉得在我二十岁的时候正是我的大好年华，决不能无缘无故把大好年华给浪费掉。可我没事也会去图书馆，坐在角落里把脸贴到黑色封面的书上。这些书都是那些没有名气的作家写的无聊书，看看觉得蛮好看的，不看呢也无所谓——就像你欣赏一件艺术品那样。我还记得那时候西班牙人达利来上海做个人画展，我看有很多人是想去看的，但是不看也不会死掉——这就是说，好的书对你来说始终是诱惑，但不是致命的那种。生活才最伟大。但是究竟什么才是生活呢？

为了搞清楚什么才是真正的生活，大学一年级下半学期时我经常会带上一杯咖啡到图书馆去看书。了解我的人会说我人格分裂，上课不听老师讲课，下课后瞎起劲。人家这样说也不是完全没有道理。至少我也觉得我有点瞎起劲。

在图书馆，当我坐下之后就把书重重地摔在我面前的桌子上，以表示我的来头不小。其实我的来头不大，我只是想象着我自己的来头很大。前面已经说过，我总是臆想自己的生活，自己的形象，然后就莫名其妙会很高兴。所以我认为自己根本就是一个变态。臆想完自己的高大形象，然后我就看书，捧着一本小说就读进去了，久久不能回过神来，除非有人踢我一脚，并且要踢得很用力，对我说："你的脚不要再抖了，你的脚一抖，抖得我心里很慌张。"

我马上欠身说对不起。其实我也很纳闷，我完全不知道自己的脚在抖动。但人家这么告诫我，我至少要表示出一副礼貌的样子来。也许是因为我实在是看书太投入了，除了大脑，对自己的其他部分已经无暇顾及。因为在那些书里面包含了众多我喜欢的知识，当然包括外面风声很紧的性知识。越是文学书（上面写的）越好看，包含的性知识越是精彩丰富。也有些书一点也不好看，看了要让人发神经病的。这些书我就认为是无聊书。

总的来说，我们学校的图书馆很像停尸房，也就是说里边很安静。所以别人都很喜欢到这里来看书。如果仅仅是因为安静，我觉得他们应该更喜欢停尸房，那里可要安静多了。我曾经在图书馆的阅览室看到一个人睡觉的时候边打呼噜边流口水，不久就给管理员抬了出去。因为这个缘故，所以我一直都不敢睡着，虽然我有时候也很困。你知道，有的人睡觉的时候喜欢打呼噜，有的人喜欢磨牙齿，这些完全不是他们自己的错，却也要受到别人的反对，真是莫名其妙。我既不打呼噜，也不磨牙齿，据说我会学狼叫。想想自己都害怕，万一在图书馆睡着，还真叫出来几声，非给管理员当场打死不可。

春天的天气跟我妈妈的脾气一样——我妈妈更年期就是这样的多变。我举着一杯咖啡从宿舍里面跑出来的时候还很正常，半个小时以后就要吹点风起来，而图书馆是把窗子打开的，这样有利于室内空气的流通——其实不是这样的。因为总是有人喜欢看书，总是有人喜欢看书而得不到想看的书，总是有人因为这个而发愁，总是有人心怀鬼胎，总是有人把书往窗外乱扔，过五分钟就跑出去捡。这种事情我干多了，根本不稀罕。所以对我来说图书馆和阅览室必须开窗并不是因为要让空气流通，而是要让书本流通。但是我不喜欢别人模仿我，所以想去搞破坏，当别人扔出某本书之后第三分钟的时候先溜出去，到窗子底下到处找找，经常找到封面崭新的书，捡到后就会很兴奋。我这种属于不劳而获的典型。人家要是说我，我就说是我不小心捡到的，现在还给主人也可以，但是要写表扬信——不肯写就算了。因为我并不是他们的同党——偷书都是一个一个单独行动的，所以死无对证，不用担惊受怕。

我在窗子下面找到过潘向黎的书，这个女作家长得蛮好看的，所以写的也蛮好看的。还有像鬼子的书——所谓鬼子，是个留长头发的男作家，年轻时候就开始不停地写，到了中年就功成名就，写的东西还被改编成电影，赚了一大笔钱。但是他长得不好看，因此我不喜欢他的书。但这也是我的个人意见，因为那本鬼子书上有人画了一个很大的爱心，说明有人正在喜欢，这个喜欢的人估计就是把书扔到窗外的人，也许是个女孩儿——只有女孩儿的审美观才和我不一样。

那一次我看到从图书馆的窗口突然之间飞出了一本书，非常惊讶，以为飞出了一只小鸟。我想我没有把书丢出去，书怎么会自己飞走呢？后来才明白过来，有人在学我偷书。这可真可恶，偷书也就算了，还学我。于是我赶忙先离开了图书馆，偷偷地躲在一棵大树下蹲着。果然很快出现了一个女孩儿，长得眉清目秀的，真是很不赖呢。我看到她把头埋在草地上，低着头找了一会儿——这样一来我就知道她原来是一个近视眼，但是没戴眼镜——这样一来我就知道她又是个很虚荣的女人，不戴隐形眼镜是怕疼——这样一来我就知道她还是一个胆小鬼。从我看出来这些情况以后，我决定去追随她，所以又一次跟着她进了图书馆。难道她也知道最危险的地方就是最安全的地方？

现在我想补充说明的一点情况是，这个胆小虚荣的近视眼就是李悦。这也是我一直跟着她的原因所在。当然，我并不是一开始就跟着她的，是等我进了图书馆看到一本书飞出窗外才知道。那个时候灯光很亮，尽管她装得很好，若无其事，我还是一眼就认出了这个人就是偷书贼。偷书贼之间一定心有灵犀。我没有想到的只是李悦居然喜欢一个叫作鬼子的作家。名字起得那么难听，人也不好看，能写出什么好东西来么？

"其实我既不喜欢他写的书，也不喜欢他的人——我只是喜欢这个名字。你会觉得我这个人怪吧？"

"一点儿也不。"我低着脑袋回答，其实我本身是个害羞的人，所以通常回答问题也是轻声轻气的。

"大概你也是奇怪的人，我想。看上去你也蛮颓废的哦。头发都留成这样。"

"我这个人，既不奇怪，也不颓废，我只是有点悲伤。"我说，说出这句话来以后，我就有点得意了。本来我已经因为抓到一个偷书贼就够得意了，但是后来因为认识这个偷书贼，所以不能把她送进学校保安科而心里总有点不踏实。但是那是李悦啊。有着两个大苹果的李悦啊。我没有想到我们会那么快重逢，其实我真的很高兴。两个偷书贼互相寒暄了一番，女偷书贼因为男偷书贼的宽容而对对方深有好感，这也是很正常的一件事情。我们在一起并没有谈偷书计划，我也不想明确地指出她就是一个偷书贼。她夸奖我的头发，于是我说：

"我只是想看看自己长头发的样子，没有什么特别的。"

我记得那个晚上，我遇见了李悦，情况大概就是这个样子。

王东生是因为女孩儿才使生活变得滋润的，话杰则相反，他总是觉得若有所失。他的那个女孩儿（但似乎还不是女朋友）对他刻薄至极。在我们眼睛里，话杰已经找到他的一生的爱，所以正在忍受痛苦。我们当然都知道古希腊的那句话，只有忍受住了无边的痛苦，爱才会来到你的身边。他的那个女孩介绍他看昆德拉的《生命中不能承受之轻》，可见这个女孩不仅对人刻薄，同时也很深刻——居然连这种哲理小说也愿意看，能看得懂。当年我认为这种小说就像臭鸡蛋一样臭，有硫化氢的味道，所以一直不敢碰。话杰从初中开始读他的言情小说，因而一直都很痴情，在那些男欢女爱中潸然泪下。

人在无聊的时候干什么都会带劲，因为人们总是要从各种地方找一点乐子，否则简直活不下去。大学生更是如此了，我觉得大学生是所有人群当中最无聊的一批人了，什么事情都想干，但又有各种不方便。所以那些喜欢谈恋爱的大学生热衷谈恋爱，喜欢读小说的大学生们则拼命读小说。像我这种人，没有人跟我恋爱，也经常燃不起读书的热情，所以简直无聊透顶。

不知道怎么的，我不是很喜欢话杰，其实我喜欢的还是王东生，尽管每天他都要用各种方式折腾我。

王东生有一次对我说："等我们都找到了女人，搞一个四人派对吧。"

"好的，没问题。"我当然乐颠颠地答应。

"你会带哪一个女孩儿——女朋友？"这似乎更像是一个试探。

"可能是那个李悦吧。"我轻描淡写地说道。与此同时我的眼睛也看到王东生的疑惑。我递给他一张字条，就是上次茶坊之约李悦留下来的地址。

"那个女孩儿，也是我们学校的？"王东生看到了联系地址，上面写道：

师范大学 旅游系 李悦

"嗯，前几天我还在图书馆里看到她了呢。"我真想把她偷书的事情说给王东生听，但还是犹豫了一下。

"喜欢你头发的那个女孩吗？"

"嗯，是啊。你以为是谁啊？东生，你会带上谁呢？"

"当然是梅子啦。"所谓梅子，当然不是吃的话梅，而是王东生的一个小女孩儿。

男人总是很贪心的，手上要有，碗里要有，怀里面也要有。但人总是有所偏爱，王东生偏爱的就是梅子，一个很纯朴的很清秀的女孩儿，这也让王东生成为许多男人羡慕的对象。梅子是王东生在高中的时候认识的。听王东生说，他们认识的过程就像我认识李悦那样。可是高中的时候，王东生为什么不带我出去认识女孩儿呢？

当王东生兴高采烈地描述他跟梅子之间的感情生活的时候，我突然想，让李悦给我抱抱就好了。想着想着，我的嘴角就流出了很多口水。

在师范大学的每一个晚上，任何一个有一点点观察力的人（只要不是瞎子）就经常能看到一对对狗男女。尤其是春夏之交，在晚上十点左右，是狗男女们出动的高峰时段。看着那些狗男女，单身汉和老处女们（找不到男伴的姑娘）当然很不是滋味。可是我始终认为自己有一天也会变成狗的，那就是等我抱了李悦以后，两个人同时成为狗。

在那个晚上我第一次坦然地扫视着那些狗男女，拎着两本崭新的书籍赶往图书馆。经常去的是文科图书馆，那里不仅有李悦，还有众多的漂亮女生。我一脸憔悴地坐在那里发呆，然后恭恭敬敬地等着李悦的到来。等李悦到来之后，我就再也不能发呆了，因此那一段宝贵的时间也是我最享受发呆乐趣的时间。发呆可好玩了，在没有其他节目的时候，发呆是最好的娱乐节目。

我蓬头垢面，瞪着两只无神的眼睛，总是发觉精神不济。这是因为认真上课不仅很有斩获，也很累，总是没过多长时间，我就萎成一只瘟鸡，呆头呆脑的；再过一会儿，瘟鸡就趴下来不能再动了。我不知道李悦是什么时候到来的，她穿一件黄色的毛衣，由于这件毛衣不够宽大，所以我看出了她的胸部曲线，但我总觉得那是苹果的曲线，感觉很美妙，就跟第一次在茶坊里看到的一模一样。在我醒来的时候，她看了看我，对我抛出一个媚眼，也就是说，她意图想勾引我。这次勾引的目的就是让我帮她拧开一个瓶子——她拧不开手里面的橙汁瓶，气急败坏得不行——要不是她本身长得不赖，这时候的样子一定很难看（可能跟猪大妹差不多），我听到一阵阵喘气的声音，再看看她手中的瓶子。那瓶子里面盛有黄色的液体，想必是可以喝的。由于她使劲拧也拧不开来，这种事情只能依靠她身旁的男人了。我信誓旦旦地接过她手中的瓶子，开始帮她的忙。

后来的事情讲出来真是很不好意思，我在众目睽睽之下，拧了半天，竟然无所作为，样子极为尴尬。当时我看她有意思想取回橙汁瓶，可那不就是宣告了我的失败吗？男人的力量和威严就将彻底扫地——我当然死活不肯给……此时我的脸上有一阵阵的热，时不时抬头打量坐在我身旁的人。我觉得身旁都是漂亮的姑娘，这尤其让我觉得倒霉和尴尬。我二十年以来一贯的看法就是，永远别离粗壮的男人太近，离他们越远越好；而离漂亮的姑娘近一点也总是对的。可是这次是我自己的选择，真可叫作自作自受。

后来我把左手拇指与食指之间的皮肉弄出深深浅浅红色的印记来，还是无济于事。这说明我曾经努力过，但不管我怎么努力，我都没有成功，因此也很丧气。

"算了，但还是谢谢你啊。"她伸出光滑白皙的右手，我还为之一振。

"少来这一套。"我咬咬牙，把瓶子还给了她。心里面非常的气愤，她肯定是故意捉弄我，事先叫哪个大胖子做了手脚，把这个瓶盖给拧死了。多天真啊，我本来想象会发生什么奇迹，比如说，我以为我会很快把这个瓶盖拧开来，她的反应是——紧紧抱住我，一副感恩戴德的样子，在我的脸上留下无数唇印，于是很快地我跟她就开始了一场恋爱：我挽着她白皙的手游荡在污秽的小河边上，天色昏暗，在一片昏暗中她还问我：

"你到底爱我什么啊？小浑蛋。"

"我爱你白皙的手啊。"我说得铿锵有力。

她看了看她的手，觉得我并没有骗人，也就满意地投入了我的怀抱。我对女人的基本态度就是这个样子的。

因为没有发生这桩奇遇，我觉得有点郁闷，一切都停留在想象之中。在图书馆里，我和李悦就这样尴尬地相处了几个时辰，我看见月亮对我挤眉弄眼，星星也在嘲笑我，就愤而睡觉。当我睡了几个时辰醒来，发现李悦已经扬长而去，所以也悻悻离开了。我所梦想的事情一件也没有发生，回去的路上再一次怀着仇恨的心情对那些狗男女怒目而去。

我当时已经差不多二十岁了，还没有正正经经谈过一次恋爱，非常地沮丧（想到这里就想搬块大石头往自己的头上砸去）。我经常能看到我们学校的校团委书记，一个大四的矮个子男人，样子也很难看——手挽着一个眉目清秀的高个子女孩儿，走在昏暗的街上招摇过市。此时我非常想变法术，凭空变出一帮喝过烈酒的小流氓，他们恰巧经过校团委书记的身边，并且对校团委书记身边这个漂亮的女孩子产生了非分之想。按照我的想法，不管这帮人怎么为难这个团委书记，我都不会帮他的忙，不会出手相助。这说明我很想让他倒霉。虽然我认识他，他也认识我，交情也算有一点，可我就是不想出手。我很瘦，要帮也帮不了什么忙，那就不如不帮吧。

在寝室里，王东生高唱道：

"天不刮风天不下雨天上有太阳，妹不开口妹不说话妹心怎么想啊啊啊啊……"

接着又是"我的心心心，在在等待，永远在等待啊啊啊"。

还有"你问我啊啊爱你有多深嗯嗯，我爱你有几分嗯嗯"。

或者"我的爱爱爱啊赤裸裸哦哦哦我的爱爱爱赤裸裸哦哦哦"。

王东生是我们寝室的歌神，每次他在寝室开个人演唱会，我都要热情参与，恨不能跪下来挥舞我的双手，去买一些荧光棒之类的东西，还有高呼："王天王，我爱你。"等等肉麻的话。可是"王天王"又跟"皇中皇"有那么一点相似，如果我真喊出肉麻话，我只能经常想到小时候最喜欢吃的话梅而不停咽口水。

但是这一次王东生个人演唱会的气氛似乎不太一样，他表情悲伤，呆呆地坐在自己的床上，想必是又失恋了。虽然有很多异性朋友的王东生长相也还过关，但这些异性的朋友长相也很过关，同时她们也会有很多异性的朋友，这就让王东生很伤心了。很多次我跟王东生一起回宿舍的时候，王东生接到一些莫名其妙的短消息，马上他就突然发出怪异的叫声。这时候我就猜到了，王东生的某一个小妞跟上了另外一个男人。其实这要看心态，既然王东生决定那样玩，就要把心态弄好，心态那么差，心理素质不过关，还出来混什么混啊？

在王东生时不时收到各种打击的时候，我照例说一些风凉话，有时候还会假惺惺地问他，怎么啦？就像今天这样，我双手摆放在他的床头上，那一股酒气可真不好闻，他的脸上不知道是酒还是泪。我说："喂喂喂，又怎么了？"

"我的，女，女孩儿有了新新新，欢。"王东生吞吞吐吐，狼狈地说道。他举起自己手中的罐头，里面应该还有啤酒，他的眼睛睁得不够开，所以样子不好看——失恋的人本来应该有更好看的形象。

我说："你还可以做她的旧爱啊。这次一定是那个梅子吧——你喝了几杯啦？"

他继续唱他的奇怪的诗歌，没有正面回答我的问题。然后突然地伸出四个手指头，大概是说四杯，他这种样子才叫八十年代的摇滚青年，他的头发也很乱。

"那以后的四人party也没了？"这是标准的打击人的话。

王东生重重地点点头。他伸出他的右手——左手有罐头，右手是两张什么票子。朝我扬了扬。

"什么？"我好奇地问。

"演唱会的票子，你跟李悦去吧。小子。你一定一定喜欢她吧？想在一起……跟她的吧，对吧？"他很结巴。

"嗯。这个要钱吗？"我眼睛泛出红光，我想肯定不要钱的。像这种喝得差不多的人，肯定不知道钱是什么东西。

"两张票子，一共两百块。便宜得很啦。"我靠，想不到是这个结果。

我接过票子，仔仔细细打量了这两张"一百块"，诧异地问："票价不是六十吗？"

"哈哈哈哈哈哈，难道你小子没看过《Long Vocation》（《悠长假期》是一部当时很出名的日剧）？"

"哦。"我说。然后我都知道了，这个浑蛋想赚我一笔。不管怎么说，我是不想让他赚的，其实我很想给他一棍子，这样我就不吃亏了。但是这样会惹祸上身，所以我先接过票子再说，而且我接票子接得飞快。然后我看了看他，他差不多已经是睡着了。然后我把他的空罐子接过来，轻轻地摆放在墙角。我想等他好好睡一觉，也许明天就把这个事情完全忘记了。与此同时我也想好好睡一觉，因为既然明天有这种看演唱会的活动，我也得养精蓄锐。可是谁知道两个时辰之后王东生居然醒过来了。

深夜里，王东生无心睡眠，一直在找我说话，三句话后就直奔主题——两百块哦……我当然完全不理他，可是我也是有点无聊，正在畅想自己可能的恋爱。话杰在他的床上不停小声地哀求他的电话："给我一次机会吧，只要能见见面就可以的。"他小声是因为怕被我们嘲笑没有男人的模样，但是我们还是听到了。后来我们也知道，电话机最后同意了。

话杰第二天的精神跟我想象的一样好，临出门冲了一个热水澡，还梳头三遍，喷上阿迪达斯的运动香水。相比之下，王东生一脸落寞，简直就是失魂落魄。

话杰不识时务地叫嚷："风水在不停地转。"

值得庆幸的是，我也在当天顺利约到了李悦，心里有点激动。在那个有演唱会的礼拜六，我们就做了一次出行。我们就像两个要去春游的孩子一样，手拉着手（心潮澎湃）一齐来到了那个体育场。是谁开演唱会呢？这其实一点也不重要。好像是一个台湾的新星，但也有可能是一个韩国的新星，或许是日本人呢，反正这些新星完全是一个长相，搞得我完全分不清楚。

演唱会真是挤死人了，我的前胸贴着人家的后背，人家的前胸又贴着我的后背，我们这样就很像真空塑料袋里面的香肠火腿片。香肠火腿们互相挤对，希望能挤到最出口处，让人家捏住一口吃掉，这就是在体育场门口的情形。令人兴奋的就是我的前胸和后背都依靠着女人，四周充满了香气，沉浸在这种氛围下，我觉得真幸福。不知道是不是装出来的，我表现得非常绅士，至少没有故意占人家便宜，动作也比较小。

此时我就是希望场面能够再热烈一点，那就能使我被动体验到更加幸福的感觉——而且不会产生任何愧疚的感觉。我看到前面有个黄头发的很拽，居然跟穿制服的人吵起架来。胆儿可真大。

"你知道穿制服意味着什么吗？兄弟，好自为之吧。"我对那个黄头发的默默地说。但是我很努力地给他加油，因为越乱对我越有利。我也完全忘记了世界上有李悦这个人，直到她用小手捏了我的手臂。

她说："你小子可别乱来。"意思应该是在警告我。可是我就不吃这一套，在后面冲着前面叫道："好，骂得好，继续骂。加油啊。"

随后有另外一位穿制服的叔叔走上来指指我说："安分点对你没坏处吧？"还掏出一个铁家伙来给我看。

我吞吞吐吐地说："君安知之吾心也？"这句话让这个老爷们儿很纳闷，皱了皱眉头就跑掉了。我也知道他听不懂，但是我想：这个铁家伙够沉的，犯不着跟它过不去，所以以后也没有发出声音来。

演唱会开始后气氛马上达到顶点，场面已经完全不受控制，后排的人由于看不清楚歌星的痤疮而猛地向前冲过来。他们的样子都像要去把那些痤疮吃干净一样，如同癞蛤蟆看到了虫子。由于人实在很多，他们的冲锋方式又像一条小狗在汪洋大海中游弋——狗刨式的。我也看不清那些痤疮，所以我也在人群之中游弋起来，没游多久，就被身后一个凶狠的大妈的大爪子趴在了脸上，马上就有几秒钟的晕眩感，头上似乎也有点浮肿，这位大妈也真行。

这时李悦拉住我的手说："别凑热闹啦。"

我迷迷糊糊地说："好的。"其实我一点也不迷糊，只是假装自己很迷糊，并且就这样躺在了这个女人的怀里。记得当时她穿一条印有蓝颜色蝴蝶的长裙，底色是白的，总体而言，李悦当时非常的美。她身上的香味也毫不逊色，不比一开始在体育场门口的那些庸脂俗粉差。等我想到这些的时候，我已经是彻底爱上这个女人了，也不知道你相不相信。

"看不出来你也是一个fans吗！"她说，"真是看不出来啊。还以为你挺深沉的呢。"她看见我如此迷醉于大场面，开始嘲弄我。

"嗯嗯啊啊。你看不出来的事情多着呢。"我嬉笑道。

"哦，那你喜欢谁的歌呢。"她看我已经神志恢复，就把我推起来。

"在老人之中，比较喜欢的是刘德华。"我振奋一下自己的精神。"你呢？"我想着现在正是我们开始了解对方的趣味的开始。

"我喜欢有点帅的小伙子唱一点摇滚之类的东西，比如说郑钧和朴树。"她很认真地跟我说。

"好啊好啊，我也喜欢他们。"这就是找到知音的反应。

"最好不要太吵，我不喜欢吵的。吵吵闹闹，那些仅仅是年轻人的幼稚心理。真正好的音乐很平静，也特别能感动人。任何一种艺术都以平静为基础。"她说，就像是在给我上一堂音乐鉴赏课。

"你喜欢艺术啊？"我张大了嘴巴，其实我也在嘲弄她。至少我从不谈什么是艺术。对于艺术，人们最好都绝口不提，缄默不语。

"开始还以为你有点像艺术家呢？"她说完有点想笑。这是我看出来的。是啊，艺术家？一个二十岁的年轻人怎么会是艺术家？我从没有看出谁是艺术家，谁又不是。艺术家就如同空气，也许他们总是存在着，但永远像透明人一样。

我开始回忆自己最开始跟她——李悦——这个女孩儿见面时的场景。当时王东生就在我身旁。他说因为是花样年华，所以介绍一个女孩儿给我认识。而我故意装酷，穿了灯芯绒的裤子和蓝色拖鞋。大概这就是一身艺术家的打扮，我也留着比较长的头发。可这些真的跟艺术家或者艺术有关么？这次来听演唱会我穿的是白色的衬衫，我自以为相貌堂堂，所以看起来并不像艺术家。

　　演唱会的事情大概就是这样的。到最后我们在演唱会场门外看着焰火和灯光的闪耀，对着体育场挥手而别。诸如此类的场面，我个人觉得完全是一种凑热闹的好机会。因为年轻，因为花样的年华，因为场面热闹，别无其他……

## 05 来来往往

　　王东生的日子越过越凄惨，白天做白日梦，晚上做的还是白日梦。我听到他的梦话，三句不离那些下流话。因为是梦话，王东生吐字又不清楚，说起女人这"女"字，在他嘴里的发音我乍一听就像是"李悦"，害得我还一阵紧张。我猜测他做了很多的春梦（就跟我一样），所以建议他看弗洛伊德的《梦的解析》。

　　有一天傍晚，王东生在上厕所的时候，突然大叫一声。我赶忙冲过去。我们住的是一楼，不光是平常偶尔会丢掉一些内裤——完全不知道究竟是哪些变态干的，连男生内裤都有兴趣——还有被偷窥的危险。

　　"发生了什么事情？"我问。

　　"快看看那个字条。"王东生一边系裤带，一边神情紧张地看着窗外。我抢在王东生之前捡起那团字条，弄开来仔细地看，内容是：

　　东哥哥冒号换行我是小美逗号我喜欢你真的是

很久很久了三个感叹号与其这
　样和你远远地保持距离的美感不如试一试句号
你能接受我吗问号感叹号换行今晚
　八点河边见句号换行即日空格小美

　　我看完后直冒冷汗，而王东生看完字条反而变得沉静起
来。这个所谓的小美是我们班级公认的恐龙队长呢。所谓恐
龙队长，就是一只很大的恐龙，在恐龙中间当上了老大。可
想而知，当上恐龙队长有多牛了。我突然间莫名其妙很失
落，甚至怀疑王东生已经不是一个"纯粹的男孩"，说不定
刚才已经被恐龙偷窥到什么了啊。这当然都是瞎扯淡。王东
生突然又急急忙忙地走向我，用奇怪的眼神看我，他问我这
字条倒是算什么意思。我说："老兄啊，你走运了。"我叹
了口气之后就兴奋地跑回寝室了。
　　有关这个小美，你可以把她看作是我们班级的招牌。
所以说，我们的学校，不仅有很多的麻子，还有很多的小
美——人家都是这样说的：
　　"知道师范大学的哲学系吗？"
　　"就是那个没钉紧的螺栓小美在的系啊？"
　　"对，完全没错。"
　　小美完全可以称作是我们哲学系的吉祥物。
　　小美比谁看上去都要胖出一圈。横着看，竖着看都是这
样。无论哪个角度，她都是鼓鼓的，稍一走动，她的身体就
能起起伏伏，像装了一半水的水床。总的来说，这也很像一

台机器，由于没有把螺栓螺帽拧紧，一运作就抖动不停。关于这些讨论结果，都是由很有成就的王东生首创的。王东生的使命就是刺激一切丑女人。但他对好看的女人就没有这种义务。我觉得，将来王东生要是落在哪个难看的女人手里，他的下场会比任何丑女人的脸还难看。

当王东生走进寝室后就立马问我："你知道那个小美说的是哪条河吗？"

我说连男主角你也不知道啊？心想我们学校的河流不少，这下王东生上哪里找去？可是他为什么要问我？这多少有一些奇怪。另外我觉得王东生那么刺激小美，为什么又对这件事情那么感兴趣呢？他应该觉得懊恼才对。不过我很快又猜到了其中的奥妙，可能王东生他正在被人家耍弄。但是既然有人耍王东生，我就不能坏人家的好事情。这基本上就是我的为人。更何况王东生还不是每天用寻呼台的小姐来捉弄我吗？

王东生坐下来发了一会儿呆之后，也终于恍然大悟想到了这个奥妙。他骂骂咧咧地说："畜生。"其实我猜他还不知道谁是畜生，这个畜生的目的何在，意欲何为。如果你对一件事的态度是刨根问底，你必定要吃很多亏。而且等你吃了很多亏之后，你会变得格外坦然，对一切事情都看得无足轻重。这种达观精神就是所谓的淡泊。王东生就是这样一个达观的人。

现在让我来回忆一下王东生小的时候，在那时候王东生其实并不达观，这一点表现在他爱上了一个女孩子。爱情永远不是达观的。人都说爱情是自私的。自私是达观的死对头。谁都会爱上漂亮的女孩子，假如你的脑袋没什么问题的话。王东生向那个女孩表白了，他说："你能跟我走吗？"女孩子说："可以的，只要你答应照顾我一辈子。"

"我王东生保证。"然后王东生拉了女孩子的手从学校后门跑掉了。原本他们是在男厕所和女厕所中间那堵墙的两边，王东生骑到了这堵讨厌的墙上面，问了那个女孩子这个问题。问完之后两个人手搭手都跳到了墙上，然后就跑掉了。也就是说，这两个不要脸的小鬼私奔了。

这件事情后来闹得很大，王东生后来也被抓住了，并且记过一次。这件事情给他的打击也非同小可，但究竟非同小可到什么程度，老实说，我也不清楚。

从外表上说，王东生跟别的人差不多，就是稍稍帅了一点，鼻梁特别高。从小到大，他跟我特别好，老是跟我在一起，所以我一直都很难看。

有关小学厕所的事情，我很想再说一点。当时王东生站的那个位置平时是被我们用来偷窥女生大小便的。我们当时发现女孩子小便是跟我们不同的，首先是姿势的不同。她们小便的姿势跟大便时毫无二致，区别是大便更费时一点，而且会有强烈的异味扶摇直上。从这些异味中，你可以大致猜出学校食堂今天有没有大蒜这个好吃的菜——大蒜虽然好吃，消化之后就不好闻。女孩子的小便通常也更壮观，声音普遍都很沉，但音色也要根据个人的不同，比如胖女生就要更沉一点。可是肥胖的女学生总是少数，大部分的女孩子都是尖声尖气的，说话和小便都是这样——然后女厕所的别称就变成了"听雨轩"，男厕所的别称当然要豪迈一些，叫作"观瀑亭"。这些也都是出自王东生的手笔。所以说，我还是蛮佩服王东生的，这种刺激的事情，这么有想象力的命名方式，并非是所有人都能做得出来的——当然这个人运气也比较好，碰上了一个同样有激情的女孩子。而且是在厕所里碰上了。其实知道这件事情的人不多，但你要相信我，我是王东生小学的同学，说的故事具有真实性。这件事情的意义就在于：我们不是整齐的机器，所以要有各种各样的故事。

在夏天已经到了的时候，校园里的颜色更多姿多彩了。女孩子皮肤好的越穿越少，一路走来惹人关注，充满了诱惑。我们晚上拿皮球出来胡闹的机会也多了，天热了出汗很厉害，暗黑运动结束后，我们跑到盥洗室冲凉水澡。大家脱掉衣服以后，样子也有很大的区别。我们发现原来话杰是很瘦的，这个发现让话杰很受伤，也很憔悴。他问我们："这是她拒绝我的理由之一吗？"我们说不是的，精瘦的男孩就像狮子老虎美洲豹——她有没有见过你赤裸裸的身子？

"她见过的。"

我和王东生当即一愣。有点大舌头地问："你们，那个过啦？"

"嗯，但她还是不肯跟我。"话杰是个老实人，应该不会欺骗人。而且他马上拿出了一张发票，抬头上面是一家我们学校附近的宾馆名称。我们当然不再怀疑话杰说的话，问题是，老实人为什么能干出这样的事情来？我为了这件事情睡不着了，因为，至少我还是……王东生的感觉也许要比我好一些。因为我是光棍儿，如果李悦算是我的女朋友，那我碰都没碰过李悦，可她是我的女朋友吗？说实话，当时话杰的这番话给了我一个很大的刺激。

晚上话杰跟我们细说了她的故事。话杰说：她是个长得很像许晴的人。所谓的许晴，就是在《来来往往》中那个勾引有家有室的康伟业的林珠。这个女人有点坏，但是假如我是康伟业的话，也会跟林珠鬼混的——因为康伟业家里的女人实在是不够好。话杰说，她的女人不仅仅长得像许晴，性格跟林珠也有点像。我想，这个太好了。

"也是英语系的？"王东生发问，他有很多异性朋友都是英语系的。"英语系的好啊，我就蛮喜欢英语系的。"

那个女孩子很喜欢李泉，喜欢他那首《爱是什么》。要求话杰当她的面唱。话杰一开口又被她勒令喝止，嫌他玷污李泉的歌声。

"上次李泉来学校演出的时候我很辛苦地趴到后台要到了李泉的签名，全是为了她。"话杰深情地说，"我还握到了李泉的手，因为我爬窗时把手弄脏了，所以李泉的手也脏掉了。但我没跟她说，不然非被她宰了。"

我们痛斥话杰的行为。做男人怎么能如此没有气魄没有尊严？男人有男人的世界，当然，爱女人也是男人的基本素质，可不能这么没骨气。

话杰在床上翻了一个身，又跟我们说道："高中时候我跟她是班级里的金童玉女呢，但是她很拽，不喜欢这个老师给的称号。"

"我跟她去过陶吧，她为我做过一个烟灰缸，我想，那也是我此生最开心的时刻了。她喜欢抽烟的男人，这跟健康无关的，她说过很多遍，可是我每一次学着抽烟都要咳嗽好几天。"

"我靠，我王东生就是不抽烟，难道我就不是男人了？"王东生马上很气愤。其实王东生也经常抽烟，他的意思是，就算他王东生不抽烟，他依然是一个男人。是不是男人跟抽不抽烟完全没关系嘛。我当然也积极附和。

话杰完全不管我们，继续说道："她是个很懒的人，约会每次都迟到，她不喜欢我，不重视我，这个让我一直都很寒心。我每次都把我的皮鞋或者大树踢坏……"

令我们出乎意料的是，原来话杰的鞋子都是这么给弄坏的。

就在那几天，话杰收到了一封邮资不够的信，是他那个魂牵梦系的女人寄过来的。抽开信封，里面是一张剪报，介绍一本书——《小王子》。一个凄美的爱情故事。想必大家都知道这么一个由飞行员胡乱编写的故事。怎么可以用文学故事来说事儿呢？这也太肉麻了。反正我猜测话杰的那个女孩儿是一头凶狠的母猪，总是希望有人给她吃粮食，但是她制造的永远是令人厌烦的臭屎。这样的女人真是太可恶了。

没过几天，话杰又收到了很多的东西，都是话杰曾经给那个女人的，包括很多的信件，信件中又包括众多的情书。

这就是说，那个女人还给他很多珍贵的东西。我看到这些情书懒洋洋地躺在话杰的书桌上，也很伤心。就是这些躺在书桌上的东西，毫无疑问对脆弱的话杰是一个极大的刺激。我看到那个下午话杰大叹一口气，躺到床上去了。话杰在闷热的天气里躺在不透风的寝室的床上，蓝颜色的风扇在不停地小幅度转动，话杰就这样躺了一天没去上课，晚上养足了精神通宵玩电脑游戏——不是在寝室里玩，怕影响我们，也怕被我们骂——其实我们都不会骂他的，那个时候落井下石太过分了。话杰第二天回来后一句话也不说就又睡去了。王东生对我说，在大多数时候，女人其实也蛮厉害的。他是知道女孩儿的厉害，但我还什么都不知道呢。他还警告我，你现在是身在福中不知福。难道他的意思是我跟李悦暧昧不清才是真正的幸福吗？我可不像金岳霖，爱一个女人，这辈子不娶她都高兴。我觉得那多少有点变态。生活在一起，互相拥抱，嘘寒问暖，相濡以沫，那才是幸福呢。可是王东生跟我说这种话奇奇怪怪的，他的经验是有不少，可是我才不想重蹈他的覆辙呢。

话杰逃了很多课，但唯一被挂的一门课程叫作中国古代史。也许中国古人不会理解爱一个人而不得的时候电脑游戏是一种解脱。

教中国古代史的老师每天都似乎钻在古文堆里，老不肯出来。他的喉结一吊一吊的，说古文说得越起劲的时候吊得越厉害，几乎要吊到嘴里当作肉吃。我把这个比喻说给寝室里的人听，尤其是想说给话杰听，想来以此活跃和热闹一下寝室的气氛。因为话杰经历了彻底的失败以后，王东生一直漂浮不定，寝室里只有我还马马虎虎算有一个女朋友，但我也不敢肯定。总之我很孤立。然后我不小心说了一句："这样的老师怎么会有女孩子喜欢啊？要是有女孩子喜欢一定是世界末日。"

"别跟我们套近乎。"现在寝室里的人对我说得最多的就是这句话，因为他们彼此失恋，好像很有话题，心灵相通，就把我给冷落了。他们聊天的时候，我说是啊，大家都是一样的。他们就说别套近乎，搞得我很难受。然后我想，为了一个女人被哥们儿冷落，是不是值得？所以想试试看把女人甩掉，拒绝了好几次跟李悦一起上图书馆看书的机会。但是每次当我看到了李悦后，我就不这样想了，甚至会抽自己好几个耳光，因为那种想法真是太见鬼了。李悦这样的女孩儿对我的吸引力是那么巨大，而且就算我跟女孩儿约会不约会，完全可以不让寝室里的几个兄弟知道的啊。这个就叫作瞒天过海哦。

在图书馆门口，我娇声娇气地说："亲爱的，老婆，你终于来了。"一开始几次当我说出这样的话后我都会脸红，甚至耳根子都会红，就像冬天路边一个被冻坏的小孩。但是经过了一起去看演唱会之后的几次勾搭，我们之间也迅速地火热起来。我和李悦总是热衷于看电影，电影院里黑不溜秋的，很合适亲亲嘴什么的。有钱的时候就去电影院看电影，没钱之后就只能去学校图书馆里的录像厅看录像，几乎每一次肉麻的开场白总是发生在图书馆门口。看录像也没什么不好的，至少有很多的同志和伙伴，亲嘴的声音此起彼伏，很振奋人心，也很能帮我鼓气。

"别叫老婆，知识分子都喜欢叫太太的。"李悦建议我。这真是一个不错的建议，以后我的开场白就变成："亲爱的，太太，你终于来了。"

看完录像我和她去吃拉面，我觉得拉面很像我小时候的鼻涕，所以很有感情。拉面的汤就像洗碗用的水，也很熟。每一次我跟李悦在一起扯淡，我都要把小时候的那些破事儿说给李悦听，逗她开心。好几次都不惜出卖朋友，比如说我总是把王东生的事情搬到我的头上，说起来心不跳脸不红。把王东生的很多发明也归入了我的版权，我只是想让李悦更开心，让她认为我了不起，让她觉得我很有趣。天知道了不起和有趣的其实另有其人，而且就是那个被我出卖的我的兄弟王东生。

我就是沉浸在一切美好的虚构之中，完全忘记了生活到底是什么样子的。上课的时候我要跟李悦一起，选修课更是选得完全一模一样。这可真是叫作冲昏头脑。

有一天话杰主动找我，对我说，当他感觉到他心爱的女人真正地离他远去，就会产生莫名其妙的恐慌。这种恐慌会穿过自己的身体悠悠地滑落。他试图阻止这样的感觉，可惜不行。

我说："干吗跟我说这个？"

"你不爱听啊？算我没说好了。"于是就走掉了。其实我就像所罗门一样，知道话杰的言外之意，他是说，我不要像他一样。但是这件事情不是他说了以后就会改变的。我爱我的李悦，这种爱也许还没有经过任何考验，但爱本身这一点不可能改变，它是天生的天然的一种东西。但是我能记住他说话时的那种感觉，而且我又像所罗门一样，能猜到自己将来会有一天也要失去我的女人。在这一生之中，不失去一点珍贵的东西，你就不会知道什么叫作失去。这其实挺令人无可奈何的。

王东生掰着手指数日子，他说梅子离开他已经有整整三十天了。王东生数日子的同时我也算了算，我跟李悦一起看演出也已经有三十天啦。话杰时不时逃课，不管怎么说，逃课总是不对的，除非你有正当的理由。据我所知，在上课面前，用来逃课的正当理由是少之又少。这是李悦教育我的。但教育归教育，我们的策略是——必修课选逃，选修课必逃。不然我们哪有时间整天厮磨在一起？关于选修课必逃，这当然也不是绝对的，第一次选课不能逃，最后几次安排考试内容和考试也不能逃。"选修课必逃"这种豪言壮语，只是一种口号式的东西，表明了我们的态度而已。其实我上选修课还是挺勤快的，即使没有李悦，也很勤快，像一种惯性，不上课就难受，不上课就不知道自己该往哪里去。而我有一门选修课的时间正好是李悦根本没办法逃掉的一门必修课。哎……

现在让我来说一说我上选修课的时候的情形吧，也许这跟李悦并没有关系，我只是觉得那时候这件事情对我来说还算比较有趣。当我进入教室，我还是一如既往保持自己的风格，坐在教室的最后一排，这样我就能看到一排排黑乎乎的脑袋端放在我的面前。这样的情形不由自主让我想到了小的时候我家晒在水门汀上有序排列的煤球，这种黑色球状物晒了一天之后会变得很干很硬，像黄狗拉的大便。选修课上的这些脑袋就是这些黄狗的大便。有个别头发染黄的就更加相像了。

我在教室的最后面，一脸笑意地迎向我的选修课老师。他是个中年的先生，没有白头发，鼻子长得像葱，眼睛是很小的。这样的形象很难说有什么魅力，所以大家都不喜欢这门选修课，纷纷逃逸。看到有这么多人逃课，我是暗自高兴，不住地点头称好。如果大家都逃掉的话，老师就只能对我一个人讲课。这个时候我就能问一些下流的问题来难倒他。如果难不倒他，说明这个老师是个好老师，我就应该好好听他的课。当然他不会来给我一个人上课，会把我也放掉。放掉我之前会记下我的名字，而且在我的名字前面打一个五角星。这样我的学分就有保证了。

上一次老师发了脾气，所以今天来的人特别多，几乎要坐满两排。也就是那两排黄狗屎。但还是有人顶风作案，这些人我是很喜欢的，虽然我从来没见过这些人，但我感觉到这些人能让我耳目一新。这是因为，很多人都是听老师的，老师说一不二。看多了这些人，有一些不同的人，就能令我兴奋。我天生就是为这些人兴奋的。因为我天生就不对死板的东西兴奋。

选修课里，气氛是很闷的。因为谁都不认识谁。我一个人坐在教室的最后面（我已经多次提到这句话了），有时候睡觉，有时候吃点东西。我的想法很简单，不管老师发不发火（因为来听他课的人很少，明显不给他面子），同学们逃不逃课，我的肚子都会饿，我都会发困。选修课是下午四点的，所以我饿的时间更多一点。

绝大部分时间我买茶叶蛋吃，因为茶叶蛋实在是太好吃了。从小我就很喜欢很着迷。此外，馒头和粽子也是我的选择。我喜欢馒头的造型，粽子的打扮。总而言之，什么能填饱肚子，我就会考虑在内。其实不管我考虑什么，一边吃东西一边上课（其实我也没上什么课，只不过坐在一个正在上课的教室里）总是令那个中年老师很气愤，有一次他忍无可忍走到我的面前说："这些东西没收。"我拱手让他拿走一切。这一切包括：鸡蛋壳（有神秘的香味），粽子叶（有迷人的香味），还有几个没有吃过的茶叶蛋。事实证明，老师的这一举动犯了众怒，因为这吊起了大家的胃口。当时将近晚餐时间，每个人都在吞唾沫。在我剥鸡蛋的时候，前面的人都转过头朝我挤眉弄眼的。这说明他们对我都非常有意见，特别恨我。后来这些东西没解决光就给老师没收了，我对前面的人摊摊手，意思是说这并非是我故意的。

老师一路上把这些醉人的香味带了出来，结果就成了众矢之的。老师察觉出每双眼神都很精神，误以为是精彩的授课所致。我看到这个老师跟我们的中国古代哲学史老师一样，喉结也是一吊一吊的。从这个现象我猜出：老师其实也是饿了。把我的东西没收自己也不能当众吃——这真叫何苦？

这似乎是我有关这个老师的最后一次印象，后来我们再也没见过这个老师，据说他辞职去找一个离他而去的女朋友，我没想到这个人还挺浪漫的。一个更加精彩的版本是，那个女朋友离开他是因为厌恶我这个老师是一个同性恋。当然啦，为了让故事变得更加离奇，江湖传言跟这个老师同性恋的对象居然是他的一个学生。学校里关于这个事情的传言丰富多彩，但是我们几个都还不是太关心，最多只是听听而已。而且这件事情跟我们的关联不大，我、王东生、话杰三个人都是很正常的异性恋者，要么在恋爱，要么在企图恋爱，要么已经失恋了——总之对象还都是女孩儿，无论美丑。要是谁把那个跟老师谈恋爱的学生说成是我们三个一定没人相信。我倒是很想成为这个绯闻的主角，但苦于没人造谣。

我不知道为什么要提到这个老师，也许是这个老师的这个传闻给我的印象实在是太深刻了。他的经历告诉我什么是爱情，什么是残酷。

## 06 寓言

现在王东生晚上的节目也是玩电脑游戏，他比话杰幸运的是他有一台破电脑，放在寝室里天天轰炸我的耳朵。但我总是原谅他，因为他也找不到女孩儿。他经常玩的是《三角洲》和《Quake》，都是些杀人游戏。寝室里经常轰轰轰的，很热闹。每一次他玩好游戏都很兴奋，兴奋的一个标志是他要上厕所。这个我是理解的，中学的时候他就有这个毛病。那时候他特别喜欢看书，也很喜欢书，看到书就莫名的兴奋。到了图书馆之后就对我说："我去上上厕所就来。"

但是那个晚上发生的事情，我觉得他有点问题。

这一天我在经过了必修课选修课图书馆和录像厅之后回到了寝室。充实的生活总是令人高兴，心情也很好，我准备一边哼着小调一边刷牙洗脸洗脚大便睡觉。

我大嘴啦啦地把我的这些计划公布于众。我说："我要刷牙啦，然后洗脚啦，然后大便啦。"结果在我拿起牙刷杯子的时候王东生一溜烟跑进了卫生间。我突然意识到我的大便坑位被霸占了，计划中的事情就会被完全搞乱，下意识地问："东生，你也要大便啊？"

"嗯。"王东生非常肯定地说。

"我不是说过了我马上要大便吗？"我有点不知所措。当你的计划被打乱的时候总是有这样的情绪。而且我的问题在于，在人家刚刚大便过的马桶上我实在没心思大便。

"你这么说来我现在就不能大便了吗？"他反问我，就像大便是一件无上光荣的事情。

这种反问是王东生向来的作风，或者说，是他的style。我想了一想。真是觉得莫名其妙。因为我这么说并非是不准他大便。你知道，屁眼是长在他屁股上面的，那是个半径约在一厘米左右的洞（我估计有伸缩的可能），括约肌支持这个洞进行大便。所以除非我捅他的肛门或者叫屁眼，不然很难阻止他（进行大便）。我觉得是我先说大便的，所以王东生假如要大便的话也得先跟我通口气。想到了这一点，我就有点光火了。于是我把刷牙的声音提高很多，同时还哼出一些摇滚歌曲来——我猜这样能破坏他的大便心情，使他的这个活动不那么顺畅，我的目的也在于此。

后来我听了些流行的歌曲，不打算大便打算睡觉了。王东生突然爬到我的床上："方才不好意思啊。"

"哦哦。没什么。"

"因为我当时的确有大便的需要。"

"可你应该事先告诉我啊，不要让我想不通啊。"我丧气地说。

"嗯，是我不好啊，兄弟。"

"假如你也有女人的需要呢？"我把这个事情扯个远。

"什么啊？"

"而那个女人是我女朋友呢？"我一本正经地问。

"这怎么一样呢？"

原来是不一样的。我心想。我正担心王东生也要跟我争我的女孩儿呢。因为李悦说王东生找过她。这件事情不得不让我提防。

这件事情是这样的，王东生因为很帅，经常被我用来比较。我说："那次把我介绍给你认识的那个人就是王东生，很帅吧。"本来这样一句话我每天只说一遍，后来一天要说两遍，使得李悦看上去很不耐烦。有这样一天，李悦穿着红颜色带帽子的外套，下边是很瘦的蓝颜色牛仔裤，裤脚完整地翻起来，翻起来的裤脚以下是一双很闪亮的粉红颜色小皮鞋。她噘起嘴跟我说："你不要老垂头丧气的，我喜欢你啊。"

然后我很吃惊，问道："这是真的吗？"

我突然之间又看到她的脸很白，除了嘴有点大之外，都挺顺眼的。关键是，她能给我带来很大的快乐。见到她的人我就觉得快乐，看到她微笑我就更快乐，她的眉宇之间，她的走路姿势都让我越来越顺眼，我想这就够了。但是她又说："王东生倒是蛮帅的，还真的来找过我呢。"说完又要笑，说是跟我闹着玩的，就是更帅的人来找她李悦她也不会看上一眼——谁叫她李悦已经有人了呢？

不管她怎么说，我心里都没底。有时候我老觉得自己心里挺虚的。我其实不知道王东生到底是怎么想的，为我介绍了一个女孩儿而自己却恰好失恋了。但我不会去问他这种无聊的问题。

现在要提到这个李悦了，我要好好说一说她。其实她是个小太妹，初中的时候还跟别人经常出来混的——其实大学里还是跟别人出来混的，只是除了到外面混之外还经常到图书馆里混，说是喜欢一个叫作鬼子的作家，到那里找文学杂志看他的小说，顺便也看到了鬼子的照片。看完之后发现原来鬼子不过尔尔，只是留了一点头发。所以她既不喜欢鬼子的小说也不喜欢鬼子的卖相，只喜欢鬼子这个名字。她会跟着一帮姐妹出来勾搭男人，被她勾到的第一个男人就是我，（据她说还是最后一个男人，这"第一个男人"也是她说的，但是我不怎么相信。除了不相信，我也不打算怀疑，那对我一点好处也没有。）我们的认识很有点戏剧化，更让我觉得戏剧化的是，李悦原来会抽烟。第一次看到她抽烟真是让我毛骨悚然。这个现象说明我还很嫩，不知道爱赶时髦的年轻人喜欢玩的把戏。

王东生说，虽然他很帅，但是他看到漂亮的女孩子时，脑子里总会有一个念头闪过。

我插嘴说："是不是想要霸占人家啊？"

他说不是，不是这样的。他想的是：我他妈的配不上她。

王东生说，有了这样一个合乎时宜的念头，就不会再产生更多的念头。

我觉得，李悦虽然不是那种特别标致的女人（比如说，我总是嫌她的嘴巴太大），但马马虎虎也蛮迷人的，对我也不错。她的优点是：眼睛分得很开，睫毛的形状很不错。此外，她的小屁股很有弹性。这倒绝不是我吹的，因为后来我摸到过了。

　　这件事情至今还是个很美好的回忆，是我第一次摸到了女孩子的屁股。李悦那天穿一条白色的牛仔裤，当时很流行的那种。穿上了这种款式的牛仔裤，牛仔裤就把她的小屁股包得紧紧的，上身是漂亮的衬衫——也可能是T恤，这个我已经忘记了。

　　那次是我跟她看完了电影以后（我还记得看的是什么电影，是道格拉斯主演的《生日历险》，非常精彩的一部外国片子），时间已然不早，就打算回学校。我和她站在车站上等车，虽然夏天马上就要来临，风吹得还是有点冷。我和她仰起头来看站牌的时候，由于她的个子比我矮多了，所以她的头顶在了我的下巴上。我闻到了香味，这种香味跟我妈妈经常用的三星蚊香很类似，觉得很熟悉，感慨也多了起来，忍不住重重闻了一口气。顿时我觉得我是很爱眼前这个在我下巴下的女人的（其实我早就发现了），就这样想了一会儿，我在她的头发上吻了一口。她马上仰起头来，眼神露出渴望之情。我本能地凑上去，马上就跟她接吻了。我吻她的时候，她把她的舌头伸到我的嘴巴里面，这个舌头像肠子一样柔软，一直伸到我的喉咙口，弄得我怪痒痒的。说实话，她的舌头也真够长的。

她除了舌头长之外，鼻梁也很高。这个女人的长相我是越来越满意，后来我惊讶地发现，她的嘴巴变小了。在我眼里，这个女人日趋完美。所以我就按着王东生的想法：虽然我也不是很差，但我他妈的配不上她。

　　所以我问她："小李悦啊，你喜欢我什么啊？"

　　她说："喜欢你的长头发。"

　　"长头发是人人都可以留出来的。"

　　"那我喜欢你的小眼睛。"

　　这更让我莫名其妙。长头发是我留出来的，小眼睛是我妈生出来的。所以喜欢我长头发算是喜欢我，喜欢我小眼睛还不如喜欢我的妈呢。后来李悦就主动把脑袋贴在了我的胸口。到了这一步，我觉得再问什么都很多余，不如再亲亲她吧。


　　那个晚上回来我又失眠了，其实那时候我已经有好一阵子没有失眠了——道格拉斯别高兴，不是因为你演的片子好看我才失眠的，失眠是因为李悦。而且我恋爱了，恋爱的一部分是花钱，恋爱的另一部分就是失眠。我满脑子在想象李悦，想她为什么喜欢我。我看了看王东生睡熟的脸，觉得平时一直很帅的他也不过如此，嘴巴翘起来就像猪嘴巴一样。虽然我还没有王东生帅，但是李悦真的喜欢的话，我还能抱怨什么呢？

　　失眠以后我在上课的时候不停地睡觉。我把脸贴在桌子上，就跟在图书馆里面我把脸贴到书上是一样的。不同的是，图书馆里的书很厚，贴得很舒服。上课时我都懒得带书，就是带了书，那些教科书也很薄，贴上去不怎么舒服。图书馆里我可以把脸贴到潘向黎的小说上去，上课的时候我贴在某一位哲学家上。课桌上到处都是马克思或者柏拉图的话，那是别人作弊以后留下的痕迹。像我们文科考试最怕背那个谁谁说的话。老师就看到我睡觉而自己不能睡觉，一定看我不顺眼。但这也没有办法，谁叫我真的发困呢？

也许是因为老是在课堂上睡觉，我的脸正在变得瘦长，两边开始不对称。我更喜欢把自己的右脸贴在课桌上，所以到后来我的右脸越来越消瘦，左脸还维持原样，这让我的脑袋变成了一个奇怪的几何形状——左边是一个半椭圆，右边是一个直角三角形——其实变化没那么大，但我老觉得自己的右半个脸是一个三角形。这可能是我的幻觉，而且我从来都觉得自己长相不好，这让我的胆子变得很大，因为光脚的不怕穿鞋的。王东生长相比我好一点，但是他的胆子比我要小，他就是穿鞋的。

比如说，他不会两只脚穿两只不同颜色的袜子。而我会，我乐意这样。我双脚一直穿不同袜子，但可能你也一直没有发现，因为你不曾注意。假如你注意了的话，一定会发现。假如你不注意李悦，你不会发现她的好；假如你不注意这个世界，你不会发现这个世界的美妙。注意成为一串钥匙，能让你不断发现。歌手张楚在歌中唱着："这个城市很脏。"但这句话只有环卫工人才深有体会。

那时候难看的我和不难看的王东生还经常在一起吃饭，

有一次我就把张楚的这句话复述给王东生听。他听完就把手中的饭一股脑儿摁倒在饭桌上——他也没跟谁吵架，看出来他只是很想发泄，他想让这个世界更脏。

这可不是一个正在恋爱的人的所作所为。假如王东生恋爱了，他决不会这么干。我想。我看看王东生，他也看看我。

"你说的那句话是谁唱的啊？"

"张楚啊。"我觉得莫名其妙极了。

"噢，对，是他。"

"他怎么了？"我着急地问，怀疑是不是张楚欠了他钱。

"他啊，张楚啊，就是唱那个'这是一个恋爱的季节'的那个人呀。"

"噢，对。"其实我还挺喜欢那首歌，跟李悦在一起的时候还会经常哼唱。这首歌的美妙歌词足以表达我内心的欢愉。

"我在恋爱吗？我有过恋爱吗？"他有点醉了。用手指指着自己。王东生约我晚上去喝酒，他请的客，买了不少菜，还有水果。

"我发现我二十岁了，这是我在上课的时候发现的。"他向我吐露心声了，"一个人到了二十岁该有点意义了吧。"

"其实我也发现了，我是在刚刚大便的时候发现的。"我说，以迎合他的心情。

"二十岁，我还没有好好喜欢过一个女孩儿，像是一个孩子一样。没劲。"

"不近女色倒是可以长寿的啊。"我嘻嘻哈哈。

"谁要长寿啊？我只是想快乐一点活着。碍着谁了吗？"

"你觉得怎么会快乐呢？"

"我也不知道，最近做什么都没有兴趣，我觉得什么都没有意义了。真的。"王东生说，"今天是来毁尸的。"他从口袋里摸了一会儿，摸出一个水晶苹果。

"知道这水晶苹果象征什么吗？"他看我迷惘的脸，就自己解答，"是爱情啊。"

"梅子送的？"

"连这个你都知道啊？哥们儿你真了解我，来，干一杯。"

我喝了一口之后，发现王东生没有喝，而是在看那个水晶苹果，简直很凄惨。他有点触景生情。后门的拉二胡的兄弟真该来拉几个小曲，咿哩啊啦的衬托出一点气氛也好。

他突然说："数一二三，然后就溜走。"我跟他数了一二三就挪起屁股跑掉了。正在此时我听到玻璃碎了的声音，转身一看王东生把水晶苹果砸在了饭桌上。比我跑起来还快。跑出吃饭的地方，我们就安全了。我们今天不想跟猪大妹闹。我还喝了很多的醋，一定要喝得她血本无归。谁让她上次赚了我呢。

"你是真的在爱吗？"他后来又莫名其妙问起我来。

我愣了一会儿，说："不知道，什么是真正的爱呢？"

"只要你为她流了眼泪就算是真正地爱她啦。"王东生的脸上笑着流泪了。说这句话的时候，我认为他的声音很成熟，像八月份的无花果。他的语调很摇滚，像崔健的歌。王东生唱起歌来：

　　　昨晚我喝了许多酒
　　　听见我的生命烧着了
　　　就这么呲呲地烧着了
　　　就快要烧光了

　　"谁的歌啊？"我问他，虽然他唱得不好，歌词倒蛮有意思的。是种豁得出去的歌词。
　　"《妈妈，我……》，朴树的。"
　　"哦，是吗？"我知道朴树的，是从李悦那里听来的。"有点帅的，唱摇滚的。"我自言自语。
　　"不是不是，别的他也唱。像《召唤》《那些花儿》，都是很抒情的。我喜欢啊。"
　　我若有所思，低着头搀扶着他准备回我们的宿舍。

　　　妈妈，我恶心，
　　　在他们的世界，
　　　生活是这么旧，
　　　让我总不快乐。

　　后来我睡了，王东生大概也睡了。

## 07 我是最棒的

现在我真的四十岁了，有时候想想自己几乎整天像个老头儿一样。我已经拥有了老年人生活的节奏，生活也变得极其规律，而且我已经不像年轻时候那样会经常失眠。早上在旭日东升中我喝早茶，看着猪头睡眼惺忪地爬起来，有时候恭维几句以求有早饭吃，有时候则自己来弄。早饭之后，我经常站在家里的阳台上眯着眼睛极目远望，看看这个城市的图景。

前面已经提到过，我有一个儿子，我喝早茶的时候儿子的生物钟也会让他和他母亲一起醒来。他醒来之后我就在一段时间内不得安宁。儿子总体来说是乖的，但有时候也是个小顽皮。他每天都要看漫画，看兴奋之后会学漫画里的东西。有几次他伸出右手就站在阳台的扶手上，把我吓个半死，以为他要跳下去。他当然没有那么大无畏，可总是把我的茶几碰坏，把我的茶杯打破，那时候我就嫌他麻烦，但他总是我儿子，我又不得不关心他，体现出一个父亲的宽容和爱，真是令人无奈。这种无奈让我觉得自己也不太像话，可又有什么办法呢？

说老实话，我的猪头老婆总体来说也是一个蛮好的太太，但我跟她也已经没什么交流，除了经常的互相拉锯和偶尔的亲密举措。我们只是经常抱在一起睡觉，她打呼噜的声音也总是令人厌烦。只要不让她知道，我可以告诉你，我完全没有爱过她。跟她结婚，也是我始料不及的。要不是王东生的出现，也许我根本没有意识到我爱的不是她——但我必须这样每天照顾她，给她做饭，把我那些可怜的收入也全部交给她，这他妈的叫什么意思？其实按说我现在的生活马马虎虎过得去，不应该抱怨什么。可我不是在抱怨，我现在的重点是回忆。

　　现在我一个人独自躺在我书房的椅子上，一个温热的垫子让我从屁股一直舒服到脖子。回忆我的花样年华总是能让我兴致盎然，尤其是今天见到了二十多年没有见面没有音讯的王东生之后。

　　这些年来我偶尔也会想到我的初恋，想到我的大学生涯——这也是我在这无可奈何的生活中寻找到的一种解脱方式——我还是很喜欢我二十岁的生活，尽管那时候我被失眠折磨个半死。不管怎么说，那个时候的我，挺真实的。活到现在，真实感完全没有了。这也许就叫作悲哀吧。

　　我怀念那个时候，不用干事情——我的意思是，不用干无聊的事情。我尽可以干我喜欢的事情。不为什么，不为挣钱，只为自己的感受。爱干什么就是什么，爱怎么活就怎么活。

　　今天我好像能把我那时候的一切都想起来似的，一切都无比真实地呈现到了我的面前。我的神经兴奋到了极点，我又抽起一支烟，脸上浮出了一种神秘的微笑。

我想到我那个时候很迷恋图书馆，尤其是大学一年级快要放假的时候我总是往图书馆里跑。就像前面所说的，那时候图书馆里不仅有图书，还会有李悦，所以我不得不去。起初我总是显得蛮害羞的，但是我喜欢李悦，这件事情已经不是我的害羞所能决定的。

我想我们，我跟她已经是恋人的关系。但是我还有所顾忌，心想最好不要让熟人看到，不然就很窘了。走在校园里，我也不敢牵着李悦的手。李悦知道后很生气，拧着我的脸问我："我堂堂李悦，哪里让你窘啦？"

听到这样的问话，我只能这样回答："不窘，一点儿也不窘。你这么靓，我怎么会窘呢？"

可见我那时候的生活充满了真实感，但我这个人还是蛮虚伪的。听到这样的反应，加上我一脸的真诚（完全是装出来的），女孩子们应该满意了吧。

我经常和她出入图书馆，在馆里面看完了书以后就到处随便逛逛。图书馆对大学恋人就像加油站一样值得尊敬。在大街上，李悦她就像一头驴一样受人关注：她的发型是世界名牌"奥米佳"的形状，这个发型我也能做，因为我的头发也够长，但是我不想做。在耳朵边上长出奇怪的头发，就像魔鬼一样。她走路的时候两条腿也并得很紧，有时候她会穿裙子，这时候更了得，因为她的小腿很好看，颜色也像鱼的肚子一样白皙。总而言之还是一句话，她很有魅力，并且变得越来越有魅力。而我要说的其实不是这句话，我要说的还是——我他妈的配不上她。

我鬼鬼祟祟，蒙着脸，一边走路一边东张西望，比特工还担心被别人认出来。人家认出来以后就会笑着对我说："你他妈的配不上人家，还在一起混？不要做梦了，年轻人。"

假如你的女朋友很一般，听到这句话，你可能不会觉得什么。但是假如你的女朋友是李悦的话，听完以后就会浑身不自在。我就是浑身不自在，老想：配不上还要在一起？我图的是什么呢？难道只是just for fun？

这个疑问解不开来，我的不自在也就解不开来。我不想自己变得不自在，所以不想让别人看到。但是我后来想到，我这是在自欺欺人，如果别人看不到，那我就配得上人家了吗？想到这点以后，我还是不想让别人看到——我长得又不好看，干吗要让别人来看我呢？

于是我有的时候穿一件宽大的风衣，有的时候围一条围巾，不管我穿风衣还是围围巾，我都低着头走路。有时候还要用手捂住自己的脸。李悦要是问我，我就说感冒了着凉了，满脸都是难看的鼻涕，你要看吗？我夸张地仰起头，就像猪八戒反问人家是不是要买猪鞭一样。可是我老是装病不行，也不能一直这么生病下去，更何况，的确是我在装神弄鬼，时间久了李悦就要生气。所以后来我就改变了我的说法，后来的说法是：这是我的风格，我的style，我喜欢这样走路，你管得着吗？李悦听后就夸我可爱，有自信心，还会用嘴使劲亲我。真是莫名其妙极了。

现在说说我穿着风衣在学校里到处跑的情形。那时候大概是在五月份左右，路上已经很少人穿毛衣，年轻人已经开始穿T恤，因此风衣的出现每每令气氛哗然。我所到之处，人人争先恐后打量我——回头率奇高。假如不是因为我跟李悦在一起怕被别人认出来，就是你用枪指着我，让我在五月份穿一件稀奇古怪的风衣我也不干。我就像一个缠有绷带的木乃伊一样穿梭于人群之中，可以说，这种感觉还是相当刺激的。

即便这样，我们还是会遇到熟人。比如说，我们有一次就遇到了王东生这个失魂落魄的男人。我就主动迎上去（已经被他发现了）说："嗨，李悦来看我们啦。"

"少逗我，有吃的吗？没有吃的就肯定不是来找我的。而且你们早就有一腿了，别刺激我啦，找地方快活去吧。"然后王东生朝我瞪了一眼。他这么说是因为他眼红他嫉妒了吧，我想。

我们遇见的地点是学校的后门，我们三个人构成了一只锐角三角形，而且那个最小的锐角角度很小，它的顶点就是王东生。王东生看上去并不生气，与其说是我在刺激他，不如反过来说更合理一点。此时后门外突然传来震耳欲聋的吼叫声。这些声响低沉而富有节奏——很快又变得没有节奏。我当然想到那边很多人在吵架，行将动手。这是我最愿意凑的热闹了。我赶忙拉着李悦说："快，咱们去看看。"

李悦不为所动，她可能还在细心分辨那些声响的来源，侧着脑袋伸长耳朵，模样就像一头小鹿。但我这时候无暇观赏动物园，就想冲出学校的后门，看个究竟。因为那边的声响越来越大，状似越来越热闹。我想生命不容等待啊，热闹也不容等待，时间是杀手，它能将生命杀死，也能让热闹变得不再热闹。所以我得赶时间。我使劲拉着李悦的手，希望能和她一起飞奔而去，看那个热闹。但是怎么也拉不动。看来她比我想象中要胖一些。

"怎么不走啊？看看去。好大的声响，一定很好看。"我鼓励李悦跟我一同过去呢。

"没啥好看的，听听他们在叫啥。"李悦对我说。

"完全听不清楚，要想听清楚，一定要过去。"我侧身焦急地说，随后又补充，"光听清楚没多大意思，不是吗？一定要凑近了看才能看得来劲。"

"你来劲什么呀你？"李悦突然嘟囔着，"难道跟我在一起就不来劲吗？"

"不不不，不是一种劲。"我说，"跟你在一起也来劲。"我草草解释了一遍，就再也顾不得李悦了。

"哼。"李悦的鼻子对我说。

"等我一会儿。我去去就来。"我兴高采烈地奔向学校后门。

我一边跑，一边调整我的跑步姿势，希望李悦看到我潇洒至极的跑姿会原谅我暂时丢下她不管。可是我从来都是好奇心十足的，从小学开始班主任在我的学习手册上都这样写：好奇心太强。我真不知道好奇心太强有什么不好的。我妈妈小时候对我的教诲还更有用一些：别老是去凑热闹。因为我不听我妈妈的劝告，我的身体经常被邻居家庭闹剧所砸出的一些碎玻璃划伤。我小时候街坊邻居吵架总喜欢砸玻璃窗，这可能是因为玻璃永远是那么便宜。但我也不向我妈妈承认我身体那些被划伤的部分是由于老是趴在邻居家玻璃窗户下偷听人家吵架而被弄伤的，不然我妈妈要跟他们急。我在那些玻璃窗户下面听到了很多有趣的语句，有些语句很下流，但也包含着幽默感。对于邻居家的事情我从来都是了如指掌，所以邻居们对我也相当客气。

我一路优美地跑动着，就像从童年跑入了我的青年。顺着那堵高耸的墙，外面的吵闹声响离我越来越近，这可真令人兴奋。但是我始终看不到围观的人群，即使这时候我已经跨出了校门，也没有看到大堆大堆的人围在一起津津有味地观看什么。奇怪了。难道像我这样爱看热闹的人会少吗？不少人还迎面走来。他们谈笑风生，并没有任何奇怪的表情。而且他们也不回头，更不顾盼左右。可是那些声响，吵闹的声响还在那里啊。

终于我看到了一小队人马，他们的间隔都在十米左右，就像一群蚂蚁一样井然有序。一边跑，这些蚂蚁一边喊着。喊什么呢？仔细聆听：

"我是……的，我是……的，我一定……"

这些蚂蚁着装统一，红色的上衣，白色的休闲裤，小跑步的队形马上让我想到小时候到操场上去做广播体操。我也在小跑，我就像一辆小轿车一样，他们对我来说就像一列火车，马上就要迎头相撞，看来我必须绕道而行。

终于听清楚了：

"我是最棒的，我是最好的，我一定会成功。"

口号声距离我很近，就像贴在我的脸上一样，又顺着我的脸滑向远方。仔细看了一看他们红色上衣上面的字样："师大美食城"

我靠。我马上想到的人是猪大妹。这不是来跟猪大妹夺食吃吗？一定是有一家资本雄厚的集团要在后门的美食街和商业街上大展宏图。

"我是最棒的，我是最好的，我一定会成功。"

一只一只蚂蚁，一节一节车厢从我身边掠过。

"我是最棒的，我是最好的，我一定会成功。"

原来就是这么一个状况，我多少有一点失落，突然发现自己已经气喘吁吁。可还得往回跑，我得去找李悦去啦。

"我是最棒的，我是最好的，我一定会成功。"

……

这声音离我越来越远，好像在半途中打了一个弯。

我优美地小跑，一路上开始紧张起来——王东生跟李悦两个人在一起啊。这怎么能让我不紧张？王东生比我帅，比我好看，李悦那么迷人……哎呀呀，这可不得了。我由小跑变成了加速跑，最后到了一百米冲刺跑，我一百米冲刺跑的速度可快了，在我高中的时候我是班级里四乘一百米的第二棒，我跑起来以后就像一头猎豹一样，停也停不下来。十秒钟之后我就像闪电一样出现在校园里，但是我找不到我想象中那一对儿正在卿卿我我的男女——当然啦，卿卿我我的男女情侣到处都是，可是那女的都不是李悦，这让我非常高兴，之前的担心看来是很多余的。接着我就开始找李悦，那风情万种的女孩儿呢？我扫视一遍原来的地方，完全没有她的影子，这更让我急坏了。难道他们去另外的地方风流快活了吗？

我还得继续找，就像找一辆自行车一样。李悦可不是那种破破烂烂的二十六寸自行车，停在哪里都不会有人要。我们知道在全国各地，各种破烂自行车数不胜数，各种没人要的女孩儿也是挤满了各种大街小巷——也许她们有人要，至少我不要——李悦她可是高级城市山地车——有这种车吗？总之我想说，她是抢手的，无论在哪儿都会有人要，我必须随时随地保持警惕才好。当初我丢失了我的自行车，找遍了师大校园的每一个角落，都两手空空，心情非常失落。那天早上我从清晨找到黄昏，看到好看的车我的目光就停留下来，停留的时间随着车子的好坏而成正比例，但是最后依依不舍地离开……此时此刻，我也会停留在单身的女孩儿身上——找自行车的时候我想，别人偷了我的自行车走了，我也要偷一辆更好的走人；现在我就想，谁把我的李悦偷走了，我就偷一个更漂亮的。我总是不希望自己吃亏。后来我还听到过一个小段子，北京一个大老爷们儿爱上了一个姑娘，然而这个姑娘还有更多的大老爷们儿喜欢，所以这个姑娘虽然跟了这个大老爷们儿，同时还跟别的大老爷们儿一起鬼混。我觉得这个姑娘太不地道了，但是这个大老爷们儿并不介意。到最后，胸怀宽广的大老爷们儿终于得到了这个姑娘的彻底顺服，定居在大老爷们儿的家里，做了一个好太太。这个大老爷们儿就说出了一句惊天动地的话来："不就是我的自行车被别人骑了一圈吗，最后还不是回来了？关键是你要这辆自行车回到你这里。"当初我就觉得这个北京的大老爷们儿很牛×，非常佩服他。关于女孩子跟自行车之间的关系，我也是从他这里批发来的。

最后我终于在一家杂货店看到了李悦，她正在舔一根冰激凌。呜呼，我也终于松了一口气。我想，不就是一辆自行车跑到杂货店买了一根冰激凌吗？我着什么急呀？真差劲啊我。我走到了李悦边上，说："你急死我了啊。"

"急什么啊？"李悦嘟囔着，有点不明白。

"我以为你跟别的人走了呢。"我如实说出了我的担心。

"怎么可能啊？我那么让你不放心吗？"李悦有点生气，因为我对她没信心。谁会对一个漂亮姑娘那么有信心啊？除非他不重视，不珍视。就像我身边揣着一张十块钱，我绝对不会担心它在哪个裤袋子里面；可是要是一叠一百块，比如说，一百张吧，我一定用双手紧紧捏着那个口袋，不能让它们掉出我的口袋，我甚至会觉得它们会时不时跳动，因此用手紧紧捏住口袋是最好的办法。李悦对我说就是一百张一百块，我不能不注意到她的跳动。

随着李悦渐渐把那个冰激凌吃掉，我也渐渐平息了我的心情。

"走吧，我们去茶坊坐一会儿吧。"李悦提议。我捏了捏我的口袋，发现里面还有几张十块钱，就同意了她的提议。在光顾任何消费性场所前捏一捏我自己的口袋已经成为我最近的习惯，我想，最让男人尴尬的情况之一就是没办法埋单。

"走吧，亲爱的。"我高兴地说。

不知为什么，我现在能想起来那天我找到李悦之后我们去了茶坊，但是我想不起来那天在茶坊我们是什么样子。我拼命地想也想不起来。也许是因为我们去茶坊的次数太多，让我没办法分清楚哪一次是哪一次了。

通常在茶坊里（我跟李悦就是在茶坊里认识的，所以我们认为茶坊对我们有恩，经常跑去泡），我都把李悦搂得紧紧的，每一次李悦都被这种力量所震惊。还有一次是不同的震惊，她惊讶地问我："你脸上怎么有红杠杠？"我说我也不知道。事后想起来，是我一路从学校走到茶坊用手捂住脸捂得太紧了。当时我跟她手拉着手，坐在茶坊那些很柔软的沙发上，各自说了一些肉麻的话，但这时我紧张得要命，比小时候背课文还紧张。我的那些肉麻话都是从言情书上抄来的，话杰这种书最多，我就一直找他的书来抄。当然，为了需要，我自己还买了一本《徐志摩情书选》。当这本经典都被我用完之后，我还买了一本《劳伦斯情书选》。有了这么多储备，我也不怕了。因为这些储备已经足够让我翻来覆去用。李悦的记性没那么好，我想两个月后我说出一句同样的肉麻话，她早就把两个月前的那句话忘得一干二净。让我再来重现那些日子的茶坊夜晚吧。

茶坊总是昏昏暗暗的，里边的气氛充满了诡异的因素。有时候像在拍诡异电影一样，坐在里面就像是群众演员，经常要看导演在干什么，有什么新的指示。可是当我抬起头来，发现导演不见了——根本就没什么导演，完全是自己骗自己。这时候李悦还完全沉浸在喝珍珠奶茶和泡沫红茶和伯爵茶的喜悦之中，她喝茶永远好像是在喝奶，尽管现在奶茶越来越流行，可是她吮吸的动作就像在吮吸妈妈的乳汁一样。吮吸完就一阵幸福的表情。

服务员小姐或者服务员先生总是一些不速之客。我觉得作为茶坊的服务员，不打扰客人是一条准则。但是后来我又想，如果他们不打扰客人，整天待在茶坊里还能干些什么有意思的事情呢？所以假如我是茶坊服务员的话，我也会整天去骚扰客人："先生，哦，对不起，原来您是小姐，您需要加水吗？"

"小姐，哦，对不起，原来您是先生，您需要加冰块吗？"

"老太太，哦，对不起，老伯伯，您的拐杖需要我帮您保管吗？因为您的拐杖已经绊倒多位客人了……"

"对不起，先生们小姐们老太太们老伯伯们，我们的茶坊要关门了，能不能先埋单啊？"

我想，这就是作为茶坊服务员们最有乐趣的事情了——凭什么我们一天到晚站在这里那么辛苦而你们坐着喝茶？给你们倒水居然还吆五喝六的？我们是没钱的穷光蛋，最恨你们这帮有钱佬。

当然，我得声明，我也是一个穷光蛋，在这里喝茶是形势所逼。要不是李悦说要对茶坊感恩，我也懒得到这儿来。这边的沙发虽然柔软，但也会把屁股坐坏掉。奇怪的是李悦从不担心自己的屁股，当然，她有足够的资本，那么好看的屁股，也不太容易坏掉。

最初的那个很难看的服务员——就是认识李悦那天站在李悦旁边，让李悦变得更加漂亮的那个丑陋中年大妈，后来我再也没有见过她。真可怜，一定是被开除了吧。新来的也不见得好到哪里去，要么是嘴上都是毛（居然还是个女的），要么头发像把扫帚，走起路来腰和屁股一起扭动，双腿并得很紧——我完全不能理解这样走路有什么令人骄傲的地方，她居然还能挺起没有任何凸出物的胸脯。身在这样的环境下，除了对自身越来越有信心，应该不会有别的收获。对自己越来越有信心？难道这就是李悦经常要把我拐到这个茶坊的另外一个原因？嘿嘿嘿，想到这里，李悦对我这么好，想得这么周到，就情不自禁地更加爱戴她。她要怎么做我都随便她，她要骑在我的脑袋上也在所不辞。我想象她骑在我脑袋上就如同小时候我骑在我父亲脑袋上。我们两个横躺在茶坊最深处的沙发里，就像两条响尾蛇互相纠缠，到最后，她的嘴巴和我的嘴巴距离很近，我就变得小心翼翼。我首先就伸出我的长脑袋来看看周围的动静，最怕那些服务员完全不识时务，不得要领，冲过来给我们倒水。冲过来倒水是假，看热闹是真，这个我最能体会了。就像我去看那些红衣服的蚂蚁高喊：

"我是最棒的，我是最好的，我一定会成功。"

我知道那些服务员是想来看我们说"我爱你，my darling!"之类的话。可是我看到他们之后，再也说不出类似的话来。如果你看到一只黑猩猩，我想你就能明白我的感受。

总而言之，茶坊里的服务员是让我感触最深的对象，让我甚至忘记观察李悦喝茶。这不免让李悦心存不爽，她说："走吧走吧，你这样很没意思。"

我承认那时候我是没有意思的，但也不是永远这样。至少，我相信有那么一小会儿是有意思的。

"好吧，亲爱的。"我总是答应李悦的一切提议，因为我实在是很爱她。

一般从茶坊出来以后，我和李悦经常去喝酒。因为喝茶总是令人嘴巴干涩，舌尖很苦。那天也是这样。这件事情本来是毫无准备的，大家都是因为有激情才这么做的，所以很难说是谁骗了谁。我这样说是否有一点夸大其词？我只记得那天的天气很好，尽管已经是晚上了，风还是吹到身上暖洋洋的，跟小猫小狗的体毛一样柔软，更像是小白兔的兔毛。我从"可的"二十四小时便利店里搬出了近十罐啤酒，当然是最便宜的那一种，然后抱着这些宝贝去了大草地，李悦在我身后尾随而至。草地比晚风硬多了，像小猪的毛，有些草特别硬，如果运气好的话，它们能穿过你的牛仔裤直直地钻进你的屁眼。假如真有这样的运气，我想让给我的李悦去享受猪毛的触感。我的动机其实相当可笑，我就是想看看她会有什么反应，是拔地而起，像一枚运载火箭那样，还是享受猪毛带来的美妙感受呢？其实我完全不知道那种感受是否美妙。接着我就着手拧开啤酒罐，希望首先开喝，像开香槟一样。由于用力过猛，我把酒都洒到了李悦的脸上。如你所知，李悦本来就不难看，现在就更好看了。让人觉得惊喜的还有，李悦一点气也没有生，真是个温顺的好女人呢。

我说："喝。"

于是我跟她碰杯，高举蓝色的啤酒罐，就像高举两朵蓝色鲜花。这其中我还发现李悦是一边喝一边还要不停笑。她发笑，但是没有一点声音，你可别以为没有声音我就不知道，我心想。我认为她当时笑得很玄乎，除了很玄乎，她也很大气。喝起啤酒来像前面喝奶茶一样。当然更像喝牛奶——我看到她喝过牛奶。有一次，就在刚刚的茶坊里，她一口气喝了五杯——因为那次是畅饮的，所以我不会跟她计较。她很大气地喝了啤酒之后，脸就像被人扇过了几个重重的耳光一样红肿一片（红是我隐隐约约看到的，肿是我猜到的），但是被人扇了耳光之后人会出鼻血，我小时候很调皮，老是被我父亲扇耳光，我也经常会出鼻血。所以这是我的经验。而李悦没有出，说明李悦并非是被人扇了耳光的。我觉得一个刽子手再怎么心狠手辣，看到李悦这样好看的姑娘以后都不会狠下猛手。我当时就是这么想的。

我渐渐觉得自己的脸上正在浮起叵测的笑意，这不是因为我酝酿着不良的企图，而是我就快醉了。一开始是眼皮发蔫，我的眼睛变成了一条老母狗的眼睛，而我变成了一条老母狗。也许这条老母狗刚刚生育完，又羞又疲惫，所以就想睡觉了。我并没有完全地把眼睛合拢，而是眯成一条细缝冲李悦笑开来。我把这样的状态维持了很久很久，李悦有时候回过头来也回应一个，以示礼貌；有时候不理我，把我当一个傻子。她还说："你真像齐桓公。"

我迷迷糊糊，莫名其妙，历史我也学得不好。我跟齐某有什么关联？我完全想不起来。于是皱起我的眉头，做痴呆状。

"就是说你白啦。"李悦说，"齐桓公的小名是小白啊。"她说完自己忍不住哈哈大笑，所以我只能听后也哈哈大笑。如果我不笑，就说明这个玩笑不好笑，那她——李悦就会陷入尴尬，我不想让她觉得尴尬。我不仅大笑，还装作笑得很舒服——眼前的这个小女人居然知之甚广，这是我的运气吧。我自我安慰道。顺便说一下，我喝酒从来都不会脸红，我脸红应该是当我在看漂亮姑娘的时候。我肤色白皙，是个十足的小白脸相。这句话的意思就是——我的长相特别贱。

那个时候，长相特别贱的我正在上下注视着眼前这个长相无比好看的女人。好看的女人突然地说："求你了，老兄，希望你不要这样看下去了——难为情死了。"

"我是迫不得已的啊，你实在太美了。呃……"我一边说一边打了一个响嗝，肚子里都是酸酸的气泡，感觉它们正在挤压我的肚皮。说出了这样的话，我就不应该有好下场了。李悦带警示性质地劝我："你去死。"（这句话带有严重的上海口音，或者说根本就是用上海话说出口的，让人怀疑说话者的为人是否小气。上海女人最多说的几句话就是"十三点、神经兮兮的、你去死"。）

在上海，每天都能听到诸如此类的话。在大街上，杂货店门口，或者奶茶小栈。但是诸如此类的话是从你面前一个漂亮女人嘴里吹出来的，而且是吹向了你，我顿时浑身酥软。我感受到面前的她是在跟我撒娇。所以兴奋之情加深了，忍不住伸手挽住她，不知道有没有挽错地方，但我猜是在腰间。如果不是腰间我的手估计还不够。我知道女孩子的三围总是当中一段最小。此时我惊奇地发现这个女人的腰上有为数极多的赘肉，我的手差一点就不能勾住她。不管怎么样，她缺少运动，特别是对腰腹的锻炼。面对这种懒惰的女孩儿，我一定要加以小小的惩罚——想到这里，我又忍不住用拇指和食指使劲地捏住那块赘肉。我不仅惩恶扬善，而且自己的手感也得到了巨大的满足——这简直太刺激啦。我想，我捏她的腰部的肉这件事情——"非常有意思"。

但是当我"非常有意思"以后，李悦突然挥起她的右手向我脸上刮过来。我本能地反应出一种龟缩的趋势，把头往后缩。如你所知，乌龟就是这样摆脱敌人的攻击，但是我缩得不彻底，李悦的手又不短，因此这一个大巴掌直愣愣打在了我的脑门上。原本我就因为酒精的缘故，头很晕。现在给她来了这么一下，我的头就更晕了。但这还不是主要的，因为我虽然瘦，毕竟也不是弱不禁风。不管出于什么动机，我当时就佯装昏厥，悠悠然倒向李悦的怀抱。我的屁股垫在一块草地上，我的脸上挂着神秘的微笑。整个气氛一直是那样美好。

李悦换了一个姿势，右手握着一罐啤酒，左手夹住了晕厥中的我，脸上做出各种各样的神情来试探我：小兔崽子，你是真死还是假死？是装的吧？

后来我就想：死还能装吗？我闭着眼睛保持那种临死满意的表情，这种表情在奥地利人维特根斯坦的脸上也出现过，后来此人就这样满意地死掉了。唯一有所不同的是他说了一句流传万世的话语：告诉他们，我度过了这美好的一生。而我什么话也没说，干巴巴地躺在李悦的怀里，我甚至感觉到我的头正枕着一对酥软的大馒头，登时我偷偷地笑了。

我后来又偷偷睁开一只眼睛看看此时的李悦，我也担心她察觉出了我的微笑，让我的装死计划彻底破产——她还没醉，脑袋朝天看着。她穿一件黑颜色的外套，外套里面是白颜色的高领毛衣；她的头发像一匹种马的鬃毛，在月光下发射出幽明的色泽。我突然想到话杰的女人寄给话杰的那张剪报上介绍的书——《小王子》。假如我是小王子的话，我一定让李悦当我的公主。这是我的感觉，我躺在李悦的怀里感觉出了无比的幸福，除了幸福之外，我想不出有别的理由让我娶一个女孩子。虽然我被她扇了一个巴掌在我的脑门，我还是这样想。可见我是真的爱她了。李悦用手轻轻揾了揾我的额头，接着小心翼翼地摸了我下巴上的胡茬子，还有我的腮。最后拧了我的鼻子，拧了以后也许很高兴，因为她扑哧一声笑了出来。其实那个时候我的鼻孔里已经流出了鼻涕。她乐颠颠地再次向天上看去，而我再次眯起一只眼睛。

我看到了她的脸颊上红颜色的光芒。

　　我最后俯起身子来把自己的脸凑到李悦的脸上轻轻地抹了一下，还把双臂张开抱住了李悦恰如其分的身体。我和她在一大片草地上久久地抱住，直到天下起微微的小雨，我们也不顾。在细雨中紧紧抱住，是我这一次记忆的最后一站。

　　现在当我想起这些东西的时候，我总会这样地怀疑：我究竟算不算一个蠢东西？

## 08 如火如荼的爱情

我是在三十岁的时候认识我猪头太太的，很快就跟她结婚生子。生活像所有人一样正常，幸亏还生了一个儿子。本来儿子是我很大的一个希望。可惜他不争气，只是在幼儿园的时候那几个老师莫名其妙都很喜欢他，据说因为他很乖。我可看不出他有什么乖的。我想，等我儿子长大了，他也许会喜欢我这样的生活。在他四十岁那年，他会像他不争气的老爸一样无所事事。我不仅讨厌我自己这样，还对未来的儿子充满怨恨。因为这个还不存在的理由，我一点也不喜欢我的儿子，只是勉为其难地经常给他弄点早饭。我不喜欢我的儿子就像不喜欢我的生活那样。总体来说，我的儿子他像他妈妈，对生活没有任何想象力。所以我也不喜欢他妈妈。我自己内心总能知道，我爱着的东西是那样的神秘和不可思议。也许就像李悦那样的女人。

她的神秘和不可思议甚至给我的人生都刻下了深深的烙印。

记得当时，我和她每天都能拥抱，如果人少的话，我会考虑去吻她。我经常带她到人迹罕至的地方，以便下手。在那种地方，我抱着她的时候，她会噘起她的小嘴，我也会噘起我的小嘴，互相挑逗，而我的脸，最终贴向了她的纯白色的脸庞。那个时候她会用她的右手或者左手来拧我的鼻子。我的鼻梁不高，所以她这样做有点困难。但是她很努力，甚至想通过拧我的鼻子进而拧开我的嘴，而我就算鼻子不要也不会让她拧开我的嘴。另外，我猜她也不是真想拧开我的嘴，不然也不会这样不使劲。也就是说她总是以失败告终，气愤的表情非常可爱，最后她又噘起她的嘴，我们再一次噘起我们的小嘴，噘嘴游戏重新来过。她的嘴很漂亮很甜美，这一点我不仅看得到，而且还能感觉得到。

直到如今，想起这些东西，我依然会微笑。但这都是过去的东西，我和李悦最后没有走到一起，更没有结婚。说到这里，我的心里就会久久地发酸。这种酸从小腹一直延伸到喉咙口，持久而强烈。所以我不想再回忆有关李悦的东西了。现在先让我来说一点有关王东生的事情吧。提到他，我的表情就很像被冤枉的罗伯特·德尼罗一样滑稽。

王东生知道我跟李悦越来越好以后，照样经常来找我。拎着我和啤酒瓶往校门外跑。他拎我就像拎啤酒瓶一样轻松，他的力气正在变得越来越大。到猪大妹的小饭店，我们经常能坐上半个晚上。王东生还经常要开猪大妹的玩笑。我是不开的，因为我不喜欢她了，对她漠不关心。也许会担心一下她的生意。被我关心的还有她招待客人用的醋罐子，每一次都要喝掉她很多醋，还要把更多的醋倒掉浪费掉，以此对她进行打击报复。我是一个和平主义者，喜欢打经济仗。

其实猪大妹没有别人说的恐怖，笑的时候还会有酒窝。其实，也许，猪大妹也没有那么可恶，因为她只是一个商人。

王东生还是没有女朋友，也不是没有人找他。他是个帅哥，所以丑女孩子是妄想做他女朋友的。那一次真假难辨的恐龙队长的追求行为当然也以失败告终。王东生苦于找不到自己喜欢的，他觉得非常无聊。他晚上到处跑，看到我就喊上我跟他一起喝酒解闷。那一次我们在猪大妹的馆子里，又聊到了爱情。仿佛我跟王东生之间除了爱情没有别的可说。

他对我说："要对爱情坦然吗？要主动积极吗？"

"会来的总会来，所以应该坦然。"我在乱讲大道理。

"但是我挺沮丧的，你这么难看的男人都有女孩子，我怎么找不到呢？"

听完这句话，我马上板起脸来，说："王东生同学，这话你说得可让我不舒服了。"我看了看他的酒杯，还没喝多少，所以估计是有心说的。八成是妒忌我了。

"开开玩笑，何必当真呢？"他继续喝他的酒，也不招呼我，埋头吃菜。我觉得他蛮可怜的，就不再计较。何况我跟他是十几年的老交情，关键还是：这个人人高马大，不到迫不得已不好跟他翻脸。其实我每一次都是勉为其难地陪他喝，所以他是主角我是配角。他说了一点有哲理的话我就若有所思不住地点头称好。自从上次他砸碎了他的水晶苹果，我就一直很小心。

"我为什么就那么没有用。"说完王东生就要泣不成声，此时此刻我也有点激动，我发现他有泪流满面的冲动，马上就要冲过来抱住我失声痛哭。如果他真的抱住我我也不会拒绝，我会给他面子也紧紧抱住他，给他男性的安慰。我抱过人，小时候也被人拥抱过，长大后又抱我的女朋友，所以抱一个男人也没什么，只要他不亲我的嘴。否则就有点说不清楚了，也许绯闻就此传出，我们成为学校的第二代历史老师。事实说明是我一厢情愿，王东生接着一口把剩余的酒都喝完了，狠狠地呕了一口气，说："我他妈的也算真的懂了。"

"懂了就好，没事儿。"我说。我看着王东生渐渐不行了，因为我看出来他的眼睛也变成了一双老母狗的眼睛，所以王东生也变成了一只老母狗。这条老母狗身材伟岸，右手执杯，对着我一个劲地唠叨，尽说一些女人的坏话。这种唠叨令我想起了我的奶奶。

我的奶奶当时有七十岁左右，说的话一句比一句天真。早上说天气真热，中午就破口大骂说找不到她的黑颜色风衣了，而且她说："真他妈的气人。"这后面六个字被我奶奶在一个小时里能说上上百遍，令人咋舌。从这些看来，我的奶奶就是一个老顽童。假如这还不算老顽童的话，我就不知道老顽童这三个字究竟是什么意思了。

王东生继续婆婆妈妈地告诉我，我竖起我的双耳洗耳恭听，这样一来我就很像一只小白兔子，然后老母狗就对小白兔子说："有一天我发现我的室友不见了，然后在外面偶然地发现他跟一个漂亮女孩子在幽会，这件事情对我打击至深

104

啊。"

我心里就很纳闷，他所说的那个室友是谁呢？为什么要用"打击至深"而不用"打击很深"或者"打击极深"呢？于是我就小心翼翼地问他："唉，你说的那个小子是谁啊？"

王东生不屑地说："这个你就不用管了，就听我说下去好了。"

我傻里傻气地坐在猪大妹馆子里面那张不干净的椅子上，我也不打算喝很多的酒，看来过会儿还要帮王东生回去，他这么沉的身子，我留点劲儿背他呢。看得出来王东生越喝越爽，我也不怎么劝，假如我想喝的话必定会有我的道理，所以我也不希望别人劝。那天后来，王东生果然醉得不成样子，这是我始料所及的事情。

当然，我其实也知道他说的是谁。我经常只是装傻。他让我听他说下去的话，他那天也没有告诉我。

也许马上就要考试了吧，天气也渐渐热得不行。之后我们一度为了及格线而拼命。由于王东生和话杰都在写论文，我也必须这样做。这个就叫作攀比。关于他们的论文，无论是话杰还是王东生的名字，其实都不是他们自己写的。如果他们都能写出很好的论文，真叫作千古奇谈。他们两个的文艺思想或哲学理论，他们能想出来的，我初中的时候就想出来了。比如王东生只知道写论文要分三段。话杰好一点，他的主张是：不能用铅笔写论文，那是要被扣分的。我是高中才知道这一点的，因此我在初中升高中的考试中被扣掉了很多分。他们写论文的时候把灯都开得很亮。写论文之前为了提神和调整状态，他们居然还喝了一点酒，抽过几支烟。看来效果不错，他们似乎精力充沛。我爬在床上看他们孜孜不倦的样子，舞动着手里的笔杆子也不停做一些头脑风暴——我也要风暴，可是我发现我风暴出来的大多都是有关李悦的。

临考期间话杰穿着邓亚萍的运动裤——这平时都是他用来吹嘘的。男人都喜欢吹嘘，其实女人也都这样。而话杰对衣服裤子的品牌甚为感兴趣，我那双拥有三个名牌的球鞋，让他看到他就会眼红——他只知道这是什么，不知道这是不是真的。除了他心上的爱人，那个口口声声叫他小王子的女孩子，我觉得他分辨真假的能力很有限。不过我想，其实话杰是个不错的男人，对一个女人如此用情，确实罕见。当然我也是个不错的男人，对李悦死心塌地的。问题在于，话杰是辛辛苦苦追求不到，我是轻而易举地办到了。也就是说，我跟李悦是一拍即合，非常合拍。

考试其实一点儿都不难，我们如愿都及格了。考试在大学永远只是插曲，而恋爱才是主题曲。


过了两天，为了庆祝期中考试的顺利达标，我和李悦约定在麦当劳里吃一顿麦当劳——对一般学生来说，这当然是一次极大的慰劳餐。她吃那种不带辣的鸡块，吃的像广告里面一样让我基本上目瞪口呆。吃完后她舔舔手指对我嚷道："咱们走。"

我说："再坐会儿吧。"说完以后屁股硬是不肯挪，花钱来吃这样的东西，完全是我认为这里的位子比较干净，因此不能少占这个便宜。等我坐了很久以后，我们依依不舍地走了。

在那条气氛类似二十世纪八十年代后期的大街上，好像在开音乐会。不仅有拉二胡的，乌阿乌阿……还有弹吉他的……噔噔噔。我对音乐完全没感觉。其实我就是一个自命不凡的愤怒青年，被李悦招安之后愤怒的成分都没有了，仅仅沦为一个"青年"。那些街头音乐家都穿得很脏，吃的碗也很脏——假如摆在他们面前的碗是用来吃的话。李悦看到那个弹吉他的人唱得这么欢，非常兴奋，我的猜测是她简直想嫁给他（由于拉二胡的那个年纪比较大，还不至于对我构成威胁）。为了避免这样的可能（李悦嫁给那个弹吉他的），我拉着李悦的手赶忙离开这场音乐会。

走到后来，我和李悦靠得很紧，摩肩接踵的，所以我的左臂吃了不少豆腐（当时她走在我的左边，还穿了没有袖子的古怪衣服）。为了避免吃了豆腐以后的尴尬，我就时不时地逗她玩儿，有时候说她没人性；有时候说她长相难看——总之都不是什么好话。这时候她就用右手拍自己的额头然后说："我晕了。"我急忙转过头来看看她是怎么晕，姿势是哪个派别的。哪知道她蒙我，并没有晕，还指指我的鼻子说："小子，我说晕了你难道就这么看着？也不搀我一把？"

我说："那又如何？我只是一时好奇，也没什么恶意的啦。"

　　她就对我没好气地翻了一记一定程度的白眼，并且说我这个人很欠揍。说完就情不自禁地用力掐我的左手手臂——看来这豆腐也不是白吃的。我觉得我的左臂被掐得吱吱作响，行将被掐断。这个小姑娘的臂力还不错啊。

　　于是我反悔道："那我就扶你一下子好了。"

　　"好的。"她说的时候又调皮又可爱，令人觉得很欣慰。所以我马上张开了双臂搂了搂她，这个女人比我想象中要胖一点儿，除了这个念头，我还感受到了一股发霉的味道。我的鼻子正对着这个女人的头发，所以这股味道是这个女人头发的味道。这种情况没有别的解释，一定是几个礼拜没有洗头了。头发没洗干净就出来混，就是没把我放在眼里。想到这里我就放开了她，看到她得意的样子，想必是不知道自己的头发有多臭。真是个没有自知之明的家伙。所以说，河豚是不会给自己的毒毒死的。

　　在那个迎接暑假的晚上，我送她到她的宿舍。临分别，她让我到左边第三扇窗户那边等着。于是我朝那个方向走去，马上发现那里空气污浊，我数了数，对第三扇窗户发呆，因为我看到窗户上有一个人面模样的东西——玻璃的花样是越来越多。看仔细以后，这个人面模样的东西还会对我发笑，再仔细一看，就是李悦的脑袋啦。而且她是对我在傻笑。看见她在傻笑，我就不好意思再傻笑了，开始四处打量。我打量到：在李悦的脑袋后面，有众多模糊不清的人影，这些人影子的动作也相近：站直身子低着脑袋，双手摆弄下半身，然后又赶忙蹲下去——我猜是女孩子家家在尿尿。所以一切的问题就迎刃而解：是女厕所，难怪味道这么独特。

李悦使劲地想拉开窗户。看来是没有成功。谢天谢地，还好没成功，不然我就不活了。本来味道就那么难闻了。她丧气地用嘴贴到窗户上努了一记。这说明：她想吻窗。

结果很快我就在那扇窗子上看到一个类似苹果样子的唇印。如果我的想象合理的话，癞蛤蟆的唇印就是这个样子的，所以李悦在某种程度上像一只癞蛤蟆。这样的话，李悦就没有一点耐人寻味的魅力可言了，既然没有魅力可言了，所以我掉头走了人。


经过了整整一个夏天的等待，大学二年级之后我和李悦的恋情进行得更是如火如荼。夏天在我记忆中短的就像不存在一样。一晃儿我就来到了我的九月和我的秋天。

大二就是这样子开始的。同学们都老资格了，上课的时候一点也不给老师面子。打牌的打牌，睡觉的睡觉，聊天的聊天。有一天数学老师实在是忍无可忍，就对我们大发脾气。我的意见是：首先是我们不对，所以老师发脾气是对的。

老师很愤怒地说："如果中间打牌的男生像后排的女生声音一样轻的话，就不会影响到小饭睡觉了。"我听到了老师点我的名字，马上醒过来。我听到的那句话说明，老师很关心我，要让我好好地在课上睡觉。对此我心存感激，但是中间的男生和后面的女生就对此很有意见，他们在课后怀有歹意地推测老师的婚姻生活出了很大的问题，要给老师介绍好的药店。其实这主要是源于老师的最后一句话，他说："你们晚上在瞎搞什么东西啊？"老实说，这句话引起了不小的公愤，因为这触及了众多男女青年的心灵的伤痛。所以老师婚姻生活不和谐也是活该。老师对我们没有办法，就上报到校长室。

我们的校长叫李键盘。他有个弟弟叫李鼠标，担任校保卫科的科长；有两个双胞胎哥哥分别叫李声卡和李显卡，都是教数学的。声卡就是教我们的那个老师。校长对我们的办法就是："谈恋爱要适当合理文明上进。"

大一结束的时候，我和李悦的成绩都不好（虽然已经经过不小的努力），这个学期自然双双处于保级边缘。李悦开学以后就信誓旦旦地说："我要爆冷门。"经常拉我去通宵教室自修，坐在教室的最后一排。但她经常会做一点出格的事情来，比如，我们经常公然接吻，像美国人放的炮弹一样。这些炮弹夹杂一些"波波"的声音，很引人注目（耳），我们的声音此起彼伏，搞得很有激情。所以说她的目的是爆冷门很难让我相信。除此之外，她还经常东张西望的，期望能发现一个又聪明又好看的男生。让她失望的是这样的男生来这里的可能性比较低，所以她只能抱住我不放了。在自修教室里的简单情况就是这个样子的。

似乎就是从那个学期开始，我和她走在校园里的时候，她老是用手勾住我，好像我是一捆她刚刚买回家的芹菜，时不时地她还要在这捆芹菜面前装晕——这就是对我无穷的挑逗之情。临晕倒她还说："我晕了以后就随你的便。"我不知道这"便"是大便还是小便，也不知道她是真晕还是假晕，所以每一次看到她晕我就很尴尬，觉得很为难。

我和李悦每天都会出现在校园里，因此沦为校友的公敌。我觉得别人都特别恨我，一边看到我一边准想杀了我。以前我穿过风衣，以为人家认不出我，后来还是被王东生认了出来。被别人一眼识破我的真面目简直就是一件势如破竹的事情。还有一件势如破竹的事情，我认为那就是我和李悦的恋情。


我现在有点老了，所以觉得当年的事情都很年轻都很有意思。假如皇天再给我一次机会让我活二十岁那一年，我敢拍着胸脯保证：我再也不会虚度我的二十岁。然而我当时没有想到会有今天的后悔之意——我的意思是，我有点后悔我当年的所作所为。或者说，对自己当年的所作所为有不满意的地方。我认为我当时不太小心。

我想我很爱李悦。我能给她我的一生。用我的一生来陪伴这个女人。虽然最后没有实现我当年的愿望，我还是很激动。我的父母那时候就是大学的同学，后来结了婚生了一个我。所以那时候我也想：八成我跟李悦也能结婚的。

现在说说我的父母。在大学的化学实验室里，他们互相打量了对方一眼，发现对方的眼睛都很大，就开始有了交往。他们互相爱上了对方，手牵手来往于化学实验室门外的走廊里，幽会时甚至通宵达旦坐在草地上——我的意思是：

我的父母都很有激情。这件事情的意义在于：眼睛一定要长得大。当时我觉得我的眼睛不够大，但是李悦的眼睛还是很大的，所以一直觉得配不上她。我的父亲鼻梁不高，所以我的鼻梁也不高。为此我还埋怨过我的母亲："你怎么就找了这么个鼻梁呢？"这样的埋怨应该说缺乏了起码对长辈的尊重。我的母亲说："你以后就知道了。"但是直到我二十岁还是没搞明白，就把这个疑问告诉了李悦，李悦说："这还不明白？你看我，以前一直想找一个眼睛大的鼻梁高的，没想到就挑了你。你说我是该后悔还是不该后悔？"

我母亲的深意原来是那样深。

我一向觉得李悦的条件无限好，是个接近完美的女人，唯一的不足之处就是眼光不好，所以挑中了我。而我很怕她将来会甩掉我，甚至认为这是迟早的事情。这说明我还是很在乎她，并非大多数年轻人的 just fou fun。于是我警告她："甩了我你会死得很难看的。"

李悦高兴地回答道："小宝贝，我不会甩你的。甩了你让我嫁不出去好啦。"然后她又急急忙忙补充道，"这下你满意了吧。大学毕业我们就结婚吧。"我忙说："好呀。"我这样想：她说她不会甩掉我（不然就嫁不出去很惨的），我也很喜欢她，也不会甩她。所以我们能好到大学毕业，大学毕业就能结婚，因此我跟李悦也就是私订终身了。这些话和这些想法都是晚上十一点以后想到的，脑子里已经昏昏的了，所以说出来和想起来都是很带劲的。带劲归带劲，这些话里头根本就没什么真实性，这是我后来才知道的。

那些晚上，我们都是吃了饭就去自修教室，以期望能顺顺利利地从大学毕业然后结婚。十点以后我们混出来，或者坐到小河边，或者坐在小树下，又或者我们的肚子饿了，去外面的"可的"或者"罗森"买牛奶。路上会有二胡手，也会有吉他手，还会碰到渡边兄。他是个爱踢球的日本青年，下巴上有很多的胡子。我看到过他的女朋友，是个新加坡人。有一次渡边兄还对我说："你女朋友比我的女朋友漂亮多了。"我也没否认，因为再怎么说，李悦总比一个龅牙好看。被渡边夸奖的那个晚上，李悦穿着橙色的背心，身材显而易见，引无数路人的关注。那一个晚上总是令人记忆犹新。

## 09　生日历险记

后来就是我生日了。我生在十月底，是天蝎座男生，魔力巨大。有一大帮高中同学来给我办二十岁的生日party，迎接我的二十一世纪。

高中的时候，我总找一些好看的男孩子和难看的女孩子做我的死党——这帮女人能整天跟一些漂亮男孩子（除我之外）待在一块儿，真该感谢我。我看到她们的心情都特别好，心里面有一种如释重负的感觉。觉得很轻松，好像是做了一件天大的好事情。

我的那帮男性朋友，也是很有意思。有一个人是个老顽童，整天嘻嘻哈哈的，看上去就很欠揍。但是你挥起拳头去揍他的时候，他看上去就很老实不像欠揍的人了。当然此时此刻你也没有退路，只好一拳轻轻地掠上去。奇怪的就是，你从你的右面打上去，他就往他的左面倒，而并不是一般意义上的往他右面倒。这种现象说明：你的拳头打他的时候，他的脸也在打你的拳头，所以他一点儿也不吃亏。真正的吃亏之处在于，他的脸会比你的拳头疼。

另外一个人是个假男人，眼睛不是很大，但他有妩媚的眼神。经常对着你说："老兄，你究竟爱我爱到什么程度？"还要把脸凑到你的身上。所以这个男人一直都没有女朋友，其实他长相也可以。如你所知，我的男性朋友都长得可以，除了我自己之外。

在我生日的前一天晚上，有很多的人在网上给我留了言：祝你生日快乐。这种留言的企图就是：你请客让我们来吧。这么一来，我就没有了退路，所以我把这些人统统叫上。这一下场面就宏大起来了。其中有一些难看的女人还想追我，这是我知道的。虽然我已经很难看，但是总还有人比我更难看。有了这样的信念以后，我才能坦然地生活下去。

坦然归坦然，失眠这个老朋友还是让我一整夜没睡着。到了我二十岁生日的那个清晨我还是那么清醒，我也不知道我的脑袋里在想什么东西。以这种状态开始人生的二十岁，真令人担心。我现在回想起来，是不是那时候我已经预感到了什么。

由于失眠，在那个早晨我就变成一只患了重病的熊，我感觉到我好像躺在大气层那里的机床上，身体起起伏伏，耳边还有很严重的轰鸣声音。这同时也让我觉得莫名的兴奋。所以我就在大气层的机床上醒了一个早上，想我的女朋友怎么没有来找我。想到这里我就浑身不舒服。但我想着想着，机床就坏掉了，大气层也消失了。这就是说，我在太阳升起后还是睡着了。

可惜好景不长，没睡多久呢，那些要赶来给我过生日的伙伴们（也就是来蹭吃蹭喝的家伙）接二连三地打寻呼机和手机给我。假如我也有这样蹭吃蹭喝的机会，我也一定好好把握。后来我把手机关掉，呼机且开着，但也被我调到振动档（其实呼机也是能关的，但是为了考虑计算要有几个人来蹭饭，我就调到振动挡然后把它扔得远远的）。

后来有人竟然直接找到了我的寝室，这让我大吃一惊。没想到给人家占一个小便宜还让人家这么花心思，连我都过意不去。这两个人就是我高中最最要好的同学，我们四个（还有就是那个王东生了）以前一天到晚泡在一起，喜欢的女孩子碰巧也是同一个，晚上一起出动跟踪到女孩子的家里，送她吃半个西瓜。那些事情那些场景至今我都能想起来一些。那是花样年华前的豆蔻年华啊。我们四个还在一起租了房子，在高三下半个学期的时候说要在那里努力——天知道最后我们的房间变成什么样子。这个要怪王东生，当然我们其实也有份。

我生日的那个中午这两个家伙跟着王东生一进来就来掀我的被子，但是我穿着衣服呢，让这两位老兄大失所望。我在半睡半醒间打了一个哈欠。我的确觉得很累。我不知道我累的是哪儿。

醒来后梳洗完毕，我就去找我的李悦——作为我的女朋友，她应该参加这次party，这是不言而喻的事情。不言而喻是一个非常美妙的词，但是她为什么一直没来找我呢，好像对我的生日漠不关心。我想李悦的到来会使我的高中的那些女同学非常的不自在——"你看人家长的多像模像样啊。"

而我的那些帅小伙子一定开心得要死。当然，王东生应该不会太兴奋。准确地说，他还是我跟李悦的媒人。这一点也是我一直都对王东生防一手的原因，但我不知道为什么要防他一手。后来我终于联系上了李悦，李悦说晚上一定到。好吧，让那些家伙再期待一会儿好了。

晚上到了，李悦也终于到了。她来的时候有一点情绪低落，我问她怎么了，她却羞羞答答地说祝我生日快乐。

"谢谢你啊亲爱的。"我想待会儿李悦会好的。


我生日的晚上，我们一行有十几个人，浩浩荡荡地从后门出发。途中意料之内地受到猪大妹的热情欢迎，她是要拉生意的。可是后来我从人群之中站了出来，猪大妹就眉头一皱说倒霉啦，这个生意做不成了。我对猪大妹报以友好的微笑，做不成生意友情还在嘛。然后我们又浩浩荡荡地走向路口最大的火锅店。这个火锅店不是猪大妹的产业，就是因为这个，我才选择了它。

那是一家牧羊人开的火锅店，好像叫什么"牧羊英雄"之类的，店名很豪放，想必老板也很豪放。一进火锅店，营业员们就热情招呼：

"欢迎来牧羊。"好像我们在草原部落一样。

"皇上，万岁万岁万万岁。"我们中间还有几个女皇帝呢，武则天？

"皇上，楼上请……"谢谢。

这几句招呼语总让人觉得别扭，串联起来就是"皇帝在牧羊"或者来一个偏正短语——"牧羊中的皇帝"？

"牧羊英雄"火锅店坐落在师大校园的后门拐角处，我们一行十几个"皇上"风流倜傥地进入店里——我们都没有当过皇帝，所以表现得很满意，情绪高昂，各种行为举止都要进入角色，甚至开口就说："朕要肥羊肉。"

王东生说："寡人喜欢扎啤，你们这里可有？"

另外几个兄弟也开始跟风，各种高汤一一落单。

"我可从来没有当过皇帝，今天也算过了一把干瘾。"王东生刚坐在椅子上就开始产生一些满意的情绪。

"皇帝哪儿那么好做的呀？"我另外一个兄弟自嘲道，"皇帝真叫那个累啊。"听他这么一说，反倒是觉得他已经当过皇帝一样。这句话也根本不像一句嘲解的话，而更像是在忆苦思甜。

"胡说，皇帝就是爽，就是爽，就是爽。"王东生不满意对方的虚情假意，怒目而视，跟人家较真起来。

我觉得他今天状态也不太对，怎么没喝酒呢就开始粗喉咙了，动不动就要拍案而起。

"好好好，就是爽。"我说，顺便给李悦弄了一个最舒服的沙发椅子，恭恭敬敬地对她说：

"女王陛下万岁万岁万万岁。"我突然发现自己拍马奉承的功夫一天比一天长进。李悦翻了我一个白眼，言下之意是在那么多人面前这样让她很难为情。的确，这么多人虽说都是我的"兄弟姐妹"，对李悦来说还都是新朋友——除了王东生。其实我跟李悦好了倒有了一段时间，但我一直觉得我自己配不上她，因此也没好意思把她介绍给我的这些朋友们。每一次介绍都是一次经济账，所以我也懒得动这样的外交脑筋。

其实一路上我已经发现那些"兄弟姐妹"对李悦总是不住地打量，怀着这样或者那样的奇妙心情。

"小饭都能找到这么漂亮的姑娘，真是奇了怪了……"

"是啊，世界真奇妙。"

"那姑娘也肯跟小饭，真是奇了怪了。"

"是啊，世界真奇妙。"

他们大概就是这么想的吧。


那时候李悦发现被人在行注目礼就对着这些傻哥们儿傻姐们儿非常礼貌地微微浅笑，笑容一直很尴尬，我也看出来了。当然，傻哥们儿傻姐们儿也知道礼尚往来，结果变成了一堆傻子冲着李悦傻笑，弄得我这个请客过生日的寿星非常不好意思，急急忙忙把李悦给拖开了。这是发生在大街上的状况。

在"牧羊英雄"里，我开始正式地隆重地向大家介绍我的女朋友——初恋女朋友，标标准准的first love。

正当我挥手示意大家请安静时，一个完全不知道规矩的浑小子就冲着我说："小饭，快点菜呀，我饿死了。"

这句打岔的话完全把我的兴致给毁了。心里简直恨死他。

"嘘……介绍完再点。"我强作镇静地说。

"待会儿边吃边介绍吧，我也饿死了。"另外一个不知死活的家伙又打岔。

我咬紧牙关，几乎听到我的牙齿互相压碎的声音。难道李悦这么不吸引人？还是我不够面子？我气愤难当，心想我今天生日请大家吃顿饭还这么不给我面子，这帮只知道填饱肚子的猪猡。我故意装作没有听见那个人的意见，张口就快把李悦的名字念出来的时候，突然听到了"咕咕"叫。还不只是一声这样的"咕咕"，连续很多次，此起彼伏，就像坐在一群两天没有进食的猪群当中。接着我看到一张张苦闷的脸满怀期待地看着我，希望我做出一个迅速点菜的决定，我看着他们，仿佛看到了有关西部希望工程的广告片中那些失学儿童的眼睛，一下子心就软了，决定暂且放下面子上的问题来解决肚子上的问题。

那么我就叫了服务员过来。但是王东生已经不知道从哪里扛了一箱子啤酒上来。

"介绍什么呀？大家心知肚明就行啦。"王东生说，"咱们喝酒。没有扎啤，这个也行。"现在我不明白他来这里为什么会这么生气。又不是他请客，他生什么气呢？

"好好好，我点菜，不介绍了。"我赌气说。此时我看到李悦一脸的不高兴。她嘟着嘴，虽然很好看，但我觉得今天气氛不对，不想看。

我就看着王东生，这小子怎么了？他咕噜咕噜开始喝酒了，也不跟别人碰杯，也不向我祝福。我另外一个兄弟也看到了，在场的所有人应该都看到了吧。我们看到王东生正在变成一个水桶，哦，不，是啤酒桶。他居然连喝了三杯，差不多是一瓶。服务员也对王东生侧目，大概意思是这种人看多了，不稀奇，鄙视他。

我忙说："服务员，咱们还是快点菜吧。"

有兄弟问王东生："东生，你到底是怎么了？今天小饭生日，你别这样啊。有什么不开心的待会儿回去说。"

"我我我，我现在就想说。"王东生的酒量我知道，他可能马上就要喝醉了。"咕噜噜，哦……"他从肚皮吐出了一大口酒气。

"想说什么啊？要说就快点说。"我对他喊着。本来我就已经相当不高兴了。我同时察觉到李悦的神情非常古怪，她一直看着王东生，欲言又止，又好像要冲过去安慰王东生什么，她本来嘟着的嘴现在在抖动。我心里在害怕。我觉得将要发生的事情对我非常不利。

"待会儿，让我喝一会儿。让我有点勇气。"王东生直接拿着酒瓶子吹起来。有人要阻拦他，被他一把推出三米远。他酒量不行力气还在。

"靠，东生，你这样这饭还怎么吃呀？"一个兄弟说。我知道，他们就是为了来吃这顿饭的，非常理解他们因为吃不到饭而焦虑。那个被推出三米远的兄弟灰溜溜地站起来，一言不发。他本来就是跟王东生关系最铁的一个了，他明白王东生有这样的表现一定有什么事情，其实我也相当了解王东生，好歹在一起十多年了，他的每一根汗毛我都知道是怎么长的。

我觉得他有可能是冲着我来的——这不是最糟糕的情

况，还有一种更糟糕的情况，那就是他是冲"我们"来的。"我们"，当然就是我跟李悦。

菜正在陆陆续续上来，但是王东生很快就吹干了第二瓶。我想哭了。眼睛泪汪汪的。这到底是怎么一回事呢？

"小饭，小饭噢……"王东生现在朝我这里走来。他的右手指着我。但很快王东生被一盘突如其来的羊肉阻挡了去路。服务员小姐以为手里托着一盘羊肉会受到我们的礼遇，却没想到被王东生一手刮倒。羊肉洒了一地。服务员小姐也打了一个趔趄，非常无辜地看着同样趔趄的王东生。可是王东生没有说对不起没有说抱歉，还是朝我走来。那个服务员小姑娘就快要哭出来了。

与此同时，为了来吃一顿饭的几个兄弟姐妹们都快哭出来了，他们都死死地看着睡在地上奄奄一息的羊肉，充满了感伤之情。有兄弟建议把羊肉从地上捡起来："高温能消毒，再脏的东西在开水里泡了泡就能吃啦。"

他以为这是一个非常好的补救措施，可是没人理他。

现在所有的人都在看着王东生的一举一动。他正在一步一步冲我走过来。他一步一步非常慢，就像是慢动作一样。

一旁差点儿哭出来的服务员小姐在摸自己的口袋，我猜想是要摸出一个手机来时时刻刻准备拨打110吗？我看着她，示意她没事，羊肉的事情也跟她无关。我一边对她说话，一边还在注意着王东生。我在尽量发现这个桌子附近有什么可以躲避的角落，或者要找到一个利器防身。

可是冲着我过来的不是陌生人啊，是王东生呢，我十几年的同窗兄弟。

"小饭。"王东生冲我大叫一声。我不自觉往后退了一步。

"小饭。你别走。"王东生又说，"我没喝多，只是想壮壮胆。"

"我了解，东生，不过你冷静点，我当然不走啦，今天我生日呀，我请大家吃饭，我怎么能走呢？我走了，谁来买单付钱？你这不是跟我开玩笑吗？"

现在我跟王东生就像在时光隧道里面一样，所有的人都在时光隧道以外，我们互相看着对方，他离我很近，就像贴在我胸口一样。他已经满嘴酒气了，他站在我面前，突然间也要哭出来一样。最后他把手里一直握着的一只空瓶子放到了桌上。我也放心了，本来我一直担心他会用这个瓶子敲破我的脑袋。看到他手里没有了武器，我就主动靠上前去。

他看到我靠上来，把我紧紧抱住了。我一阵莫名其妙。

我们在时光隧道里面拥抱了很久，把其他的兄弟姐妹们都完全忘记了。我甚至把李悦也忘记了。当我想起李悦来，想到这个局面只是因为王东生可能又一次遭遇失恋的打击而已，我心里绷着的一根弦终于松了下来。我轻松地说："东生，你这样抱着我，李悦会吃醋的，哇哈哈哈哈……"我开始傻笑。

"李悦？"他听到李悦这个名字就马上推开了我。他一本正经地看着正在傻笑中的我。看到他一脸的正经，我觉得我的傻笑就太突兀了，觉得很尴尬，我把我的笑容迅速收起来。

"李悦？哈哈哈，你这个傻小子。"王东生开始哈哈大笑，弄得我很后悔把我刚刚的笑停住了，我本来应该跟他一起大笑。可是我觉得这句话里面有话外之意。赶忙看了看李悦，李悦表现得非常不自在，可能正在吃醋呢，我想。

我伸出手来，希望能拉住李悦的手，或者我们三个人抱一抱也行。可是我伸出的手总是拉不到李悦的那只手。李悦站在那里，就像一尊塑像，一动不动。

我问李悦："怎么了？过来，我们三个人抱抱，东生他可能又感情受伤了呢。"

本来我这句话是对李悦说的，可是王东生却跳了起来："操，我才没感情受伤呢。我才不要跟李悦抱呢。"

"怎么了，东生？"我一脸雾水，完全摸不着头脑。

"小饭，你知道吗？李悦，哈哈哈，她是一个贱人。"王东生非常得意地哈哈笑，比前面笑得更厉害。王东生这句话在我耳朵里的分量当然很重，尤其是"贱人"这两个字，王东生的整句话的重音全在上面了，令我非常愤怒。

我听到他这句侮辱李悦的话，迅速地推开了他，刚要张嘴骂他，却被另外一个声音喝止住了——

"王东生。你他妈的给我闭嘴。"

谁说的这句话，说得真好，我得感谢这位出手相助的江湖义士。当然我听出来了这句话出自一个小姑娘的口，可是是我哪一位好姐妹这么行侠仗义呢？我旁观四周，发现是她——李悦。

李悦正气得浑身发抖。

王东生听到有人让他闭嘴，他一副挑衅的模样，开始拉着我的手走向李悦。我现在搞不清楚他们两个有什么深仇大恨，一个是我好兄弟，一个是我女朋友，无论哪一个吃亏我都不好受。所以我急切地要搞清楚这到底是怎么了。

所有其他的人也都在静观其变，有一件事情值得庆幸，因为他们居然忘记吵着要吃饭了，那种"咕噜噜噜"的饥饿的声音也完全消失。

"你。"王东生指着李悦的鼻子。李悦的鼻子很高，他这样轻轻一指，幅度不大的一个动作，王东生的右手食指就刺到了李悦的鼻子。李悦后退一步，骂骂咧咧地说："你别碰我。"

我早就知道李悦不是好惹的了。

"你。"王东生再一次伸出了他的右手食指，我真想阻止他，我现在愤怒地想把他的手指切掉。

"你是小饭的人，就别跟我好。"王东生踮起脚尖冲着李悦叫。此时我已经挡在王东生面前，因为我怕他冲动打李悦，这当然是我最不愿意看到的了。

"谁跟你好啦？"李悦也叫道，她叫得就像一个泼妇，越来越像。我此时觉得李悦相当陌生，完全不是心目中的那个印象。

"你丫就是一个贱人。"王东生骂道。他骂完之后，"啪。"我一个巴掌就挥在了王东生的左脸上。

"小饭你还打我？"王东生把我一把揪了起来，让我的头发在空中甩来甩去。

"打的就是你。你在胡说八道什么啊？"我大声说，我也让我后脑门那些头发尽情地甩。

"你丫也是一个傻×。"王东生表现得非常冤枉，冲我大声嚷嚷。按照场面上来看，他这一个巴掌一点也不冤枉，我也不是什么傻×——我猜想其中还有隐情，这个隐情说明王东生可能是被冤枉的，而我也是一个傻×。这个隐情对我来说简直太重要了，包括王东生跟李悦互相谩骂的事实，都让我浑身痒痒。

"到底怎么回事？"我急切地看着李悦和王东生，希望他们把事情的来龙去脉告诉我。可是两个人互相吹鼻子瞪眼，就像两个皮影戏里面的皮影人一样。

我看着李悦，李悦却看着王东生；当我转头看王东生的时候，却发现王东生此时看的就是我。他在考虑是否要把真相和盘托出？

"告诉我，兄弟，这到底是怎么了？"我非常诚恳地对王东生说。

王东生支支吾吾，好像突然又不想说话了。我很着急，厉声问道："你快告诉我她到底怎么贱了？"随即我用狐疑的眼光盯着李悦，耳朵这里还留在王东生的嘴上。

王东生刚要开口，李悦那边就有动静了，她推开了一张铁制的椅子，那张椅子发出嘎啦嘎啦的响声。李悦一把拎走了她随身携带的皮包，我正要上前阻止，却被王东生一把拉住，他轻声对我说："让她走，她走了我告诉你她有多贱。"

"你滚蛋。"我一把撒开了王东生拉我的手,要上前挽留住李悦。本来好端端的我的生日聚餐,怎么能变成这个模样?我二十岁的生日搞得这么狼藉,这让我以后回忆起来多难堪,连女朋友都悻悻离去,那我的颜面何存?我想无论发生了什么事情,我都不能让李悦就这么走掉。

其实我想,我已经猜到了事情的一大半,一个大框架,现在只是需要一些细节来填充这样一个大框架。我只是希望先留住人再说。在我面前突然莫名其妙多出了很多椅子,这些椅子沉重而形状尖锐,我的腿踢不开它们,每一次要突破一张椅子去追李悦都带来了巨大的疼痛。眼看李悦就快走出火锅店啦。

我对着其他几个兄弟和姐妹叫:"靠,你们都是死人啊?不会帮我拉住她吗?"

这些兄弟姐妹如梦初醒,从木头人变成了人,开始着手去围住李悦,可是李悦踢翻了一张桌子,大叫:"谁敢挡我?"我真不认识她了。

马上所有的人都为她开了道儿。李悦在出门的一刹那抛下一句话:"就算我看错了人。"

我看了看王东生,王东生看了看我,谁都不知道李悦看错的那个人到底是谁。我问自己到底追不追?

可是我先想听听王东生要告诉我什么。

"你快说吧,人也走了。"我对王东生说。

王东生让我先坐下来,然后招呼大家多少吃点东西,接着开始拼命跟我道歉。

道歉完了，他告诉我前几天李悦找过他，大概的意思是李悦她向王东生表白。他口齿不清，语焉不详，但是——这并没有完全出乎我的意料，我心里莫名其妙的也很平静。我脑子里想到的依然还是李悦依偎在我怀里的小兔子形象，而不是刚才那个样子。但是慢慢地我开始觉得自己是一棵参天大树，正在缓缓倒塌。

　　似乎我早就想到了会发生这么一件事情一样，也许我做梦梦见过？失眠的时候想到过？话杰跟我提过？还是王东生以前就跟我说过？或者这件事情上辈子已经发生了？总之这个时候我的感觉并不像没有发生过的事情头一次发生在自己身上那么陌生。

　　"你呢？"我深情地问东生，就好像在等待一次表白后对方的反应。表白倒是有人表白了，可那个人并不是我，而是李悦。这真糟糕。有一种腹背受敌的感觉，一把利剑从我的后背刺破我的整个身体。这样的表达实在是太煽情了。但这个滋味很不好受。我也举起一个酒瓶吹起来，吹得我肚子咕噜咕噜叫。

　　"什么'你呢'？"王东生好像没有明白我的意思。

　　"我是说李悦对你说了之后你怎么说的。"我擦了擦嘴边的啤酒沫说。

　　"噢，我说，'你是小饭的女朋友，别跟我说这样的话。'对，就是这么说的。"王东生夹了一块曾经掉在地上的羊肉，一口吞了下去。

　　"你居然还吃得下东西？"我愤怒了。我把他第二次伸进沸腾的火锅里面夹羊肉的筷子甩掉，那一双筷子分成了两个纵队，奔向了火锅店的门口，去追随早已经离开的李悦。

王东生看了看我，眼神中露出了坚毅的目光，他站起身来，对我说："你别傻了，这样的女孩不值得你这样对我。"

"什么值得不值得的？你跟我出去，我要跟你单挑。"

"呵呵，呵呵呵。你有病。我又没跟你抢。"

"可是你喜欢她。你不是抢，你是在勾引。"我把一个酒瓶扔在地上对王东生大声说。那酒瓶在地板上被分成无数个玻璃碎片溅了一地。我不知道怎么说出的这些话，也许这些话在我心里也已经诞生了一百年。这句话一出口便引起了一阵哗然。王东生听到这句话后顿时傻掉了，几乎不敢相信是我说的话，但我很肯定。我肯定这件事情，甚至都能让所有的人都肯定我的意思。

王东生只是很诧异地看着我。

"你真有病。"王东生又把我的身体情况下了一个糟糕的定义，起身之后好像也要走人。

这一切都太突然了，特别是对于那些满心欢喜地来吃一顿饭的那两个兄弟，这对他们来说无疑是一场劫难，谁也不会在这样的气氛下有多少胃口。连续走掉两个一起吃饭的人，这可真糟糕。

我一路追着王东生，嚷着说要单挑。我想把他拉进一条小巷，进行一场你死我活的肉搏战。胜利品似乎不是一个女朋友那么简单。

我简直也快疯了。

王东生看到我在追他，就加紧了步伐。他是怕我说出真相吗？王东生真的喜欢李悦吗？我很伤心，只想打架。在我眼里，只有一场斗殴才能让我恢复平静。

我在一路追赶王东生大喊着要跟他决斗的时候，被猪大妹看到了，猪大妹掩嘴一笑，"别被人家打趴下咯。"猪大妹对我大喊，不知道是在给我加油还是在嘲弄我。我对她叫："滚蛋，不然老子我就揍你。"

猪大妹双手叉腰："来啊来啊，小饭你小子不得了了啊。"她居然就这样大庭广众下叫出了我的名字，让我浑身不自在。我做出了一个举手的动作，吓唬吓唬那个猪大妹，当然，她也做出了相同的动作还击。当我抬头一看，哇，王东生离我那么远了啊，我几乎快追不到他了，然后马上不搭理猪大妹了。猪大妹的命运就是没人搭理，她的生意也会越来越差，我心想。然后我就拼命追赶给我带来无尽疑惑的王东生了。

我一路追着王东生到了学校的后门。突然想到还有一笔没有结的火锅账。不管了，我得找到王东生再说。

后面的兄弟终于也赶上来了。他们对于这件事情的猜测莫过于两个兄弟争风吃醋，而我正在追杀王东生。但这太过香港电影了，事实上我只是想找他理论一番，如果最后不成打上一架，这也是情理之中的事情。我太想打架了，就像一头愤怒的公牛。我已经完全不管王东生有多壮我有多瘦了。人到这个地步也就是疯了。

兄弟们就像王东生的保镖,当我已经追上王东生的时候,他们统统挡在了他的面前。

"怎么回事啊你们?"我有点生气。在我眼里,这事情说起来也简单,就是因为王东生,李悦现在走掉了。我不知道她为什么生气,只知道现在李悦走掉了。

王东生真是一个神奇的人,刚刚喝了两瓶酒,现在却意气风发,昂首挺胸地站在了篮球场上,这正是我们经常玩"暗黑运动"的场所。不知道他从哪里弄来了一个篮球,拍了拍,好像《灌篮高手》里的流川枫一样,他等待的人当然是那个傻乎乎的樱木花道——我咯。

比罚篮?这可真有趣。

王东生已经站在三分线顶圈点上往篮筐开始投球。连中了两个。我记得他以前投球都没这么准的,如果真这么准,他准进师范大学篮球队了。随后他把球扔给了我。我太傻了,果然接了球。按说我接住了球应该大力掷向王东生,最好把球砸在他的脑门上,这样才解气。可是我接到球之后真想把篮球抛到天上去,我想把这个篮球挂在天上,变成一轮红色的月亮。

"不玩了。"我没有把球抛到天上去让它去做第二个月亮,而是将球狠狠地砸在了水泥地面上。

"咚咚……咚咚咚……"球在地上跳动了好几下,接着滚向了远处黑暗的地方。

我掉头走了。虽然追到了王东生,但是什么结果也没有。真气人。

校园里气氛一如往常，可是我肚子里的气慢慢地泄掉了，到最后就像一个干瘪的人。看着那些情侣们，狗男女们，我一点气也生不出。我只顾着低头走路。我也不知道往哪儿去。二十岁生日的夜晚，一场不欢而散的筵席，还有一个满脸落寞悲伤的我自己。

　　我到杂货店买了一包骆驼牌香烟，之所以买这个牌子而不是别的，是因为它浓烈的烟味。我想把自己的脑袋烧掉，让自己沉浸在一片烟雾下面。至少要制造出这样的假象。我躲在河边抽了一根，这种烟的确够呛人，很快我就把那条著名的爱河熏黑了。最后我自己都受不了那味道。接着我又到小树林抽了一根，整片树林就像着火了一般，把所有的恋人全部赶走。教室边上也出现了我的踪影，我吸了一口烟，就偷偷地往教室里面送，马上教室里就出现了令人流口水的烤狗肉味道，因为里面的狗男女也不在少数。

　　这些事情是否发生过我自己也不敢肯定，但这些想法出现过，这是肯定的。

　　我记得我后来还是打算去找李悦，不管怎么说，那时候我爱她。即使她犯错，我也要允许她犯错，也要允许她改过。我想这才叫真爱无敌吧。


　　我去找李悦，但是怎么也找不到她。一路上出现的每一个身影我都仔细观察，有任何一点与李悦相像的地方我都不会放过。我想李悦即便会易容术，也多少会留下一些蛛丝马迹。她的衣服我全认识，她的身材、她的一颦一笑、她走路的姿态——我都是历历在目。

只要李悦出现在我的面前，我想我绝不可能错过。

难道这是李悦在考验我？她故意躲着我？她的手机总也打不通。

其实就算找到李悦了，我也不知道该怎么办。我更担心的是，李悦也不知道该怎么办。

反正那天晚上我是没找到李悦。我记得那就是我二十岁生日的夜晚，那天的月亮跟篮球一样又大又圆。那天的晚风有少许的凉意，街上的狗男女数以万计。

我扳着手指头，一对狗男女、两对狗男女、三对、四对、五、六、七……

我二十岁生日的夜晚，后来我躺在一棵大树下，哆嗦着身子，居然也睡着了。

## 10 消失的李悦

虽不至于潸然泪下，我依然很动情。我记得那天在那个火锅店是我见到李悦的最后一面。想到这里，我还是热泪盈眶，简直有点变态——我的意思是，我也许用不着这样。早些年我还经常想到李悦，但说不出来到底是怀着哪一种感觉，经常是感叹一下，然后什么都没有了。近几年来，我已经很少想到李悦。生活如同轨道交通，有条不紊，没有速度感，让我的神经也变得越来越不敏感。我几乎不再动情，也不会失眠。直到今天碰到了王东生，我几乎把我二十年前的事情全部都记起来了，这可真有趣，但也令人烦扰。我怎么会想起这件事情来呢？我应该把这件事情彻底忘记。

也就在我二十岁生日晚上那一次不愉快的聚餐，到那一刻为止，我还是很爱李悦的。无论当中发生了什么，我完全可以不在乎。只要让我见到李悦，我一定无法抑制我的感情，给她一个大大的拥抱。可是从那个晚上的第二天开始，也就是我二十一岁以后，我便陷入了永久的失落。这也许是我这辈子活了四十年最大的一次打击吧。反正之后我再也没有经历过这种缠绵悱恻的事情，因为一切都在变得日常，琐碎，不堪一击。

我感觉那时候可是死死地爱着李悦，决不放弃。就算她不接我电话，也不给我打电话，甚至不去上课——我依然不放弃要找到她的决心。后来我惊讶地发现李悦没有留给过我任何她家庭的联系方法——这件事情是我以前一直没有注意到的。那时候我唯一能做的，就是去她的寝室埋伏。蹲点成了我早上和夜晚最喜欢做的事情。起初别人看到我，以为我在草丛中大小便，甚至要来罚我的钱——我的确是蹲在草丛中，但没有脱裤子，所以不可能随地大小便。有时候我还戴着一副墨镜，装作私家侦探的模样；有时候我就竖起我的领子，反正这个模样也很酷；双手叉腰，累了就靠在女厕所的墙壁上——这时候人们总会怀疑我的动机，以为我是在偷听女厕所里面的动静。有些女孩子小便声音搞得特别大，我隔着一堵很厚的墙壁都能听个一清二楚。但这不是我的目的所在，也许只是我一个极其次要的目的。我的目的就是要等待李悦的出现。李悦是我的女朋友，我要找到她，在她住宿的地方等待她的出现。

埋伏的时候我看见女生晾出来的内衣内裤、牛仔裤、衬衫，我总觉得那些都是李悦的。那些女生看到大清早就有人埋伏在她们宿舍的窗户下，每一次都吓了一大跳。正在晾衣服的双手一抖，就把内衣内裤、牛仔裤、衬衫全部抖落在地上，一个早上的劳动成果顿时化为乌有。这也不能怪我，谁让李悦一个晚上都没有回宿舍睡觉呢。当然在大多数的情况下我会很友好，帮助这些失魂落魄的女生捡起她们的衣服裤子，这足以表示我不是她们想象中的坏人或者是魔鬼。我只是一个彻夜在女朋友宿舍楼下等待女朋友的男孩儿。

关于李悦彻夜未归，我几乎可以打保票了。这是我最后的希望，但是几次三番的失利之后我无奈极了。难道就这样真的永远跟我告别了吗？我岂能接受这么严酷的一件事情？

至少要给我最后的机会。我又没做错什么。

在人数稀稀拉拉的自修教室，我独自坐下来。屁股一碰生硬的椅子，我就觉得一丝凉意，凉意马上遍布到全身，让我整个人瘫软下来。自修教室的人越来越少，原本还会有一些不识相的情侣细声说话，渐渐的连这些讨厌的声响也没有了。窗外的一条大马路还会时不时地有车辆经过。呼啦呼啦。我怀疑李悦在每一辆飞速行驶的车上，也许就坐在前座，面无表情地随着急速飞奔的车离我而去。我有一种与车一同奔跑的冲动，然后在空无一人的自修教室里面手舞足蹈。我想我快发疯了。我慢吞吞地靠近了教室的窗口，坐在窗台上，这样好像能使我离李悦近一些，但是马上我忍不住从自修教室的窗口跳下，沿着大马路进行一百米冲刺。汽车喇叭在我的身后一次一次发出警告的声音。但我依然在马路中央发了疯一样的甩腿。

我想到我还可以找王东生，可是他也像失踪了一样，整天都见不到他的人。我感觉是他在躲着我，但也不是这么回事。至少几天之内我也能见到他一次。每次我都抓住他问话。

"怎么了怎么了？你知道李悦去哪儿了吗？"

"我怎么知道啊？她可是你的女朋友。"王东生告诉我。每一次我都想抓住他的衣领，可是最后总是先被他抓住我的衣领。

"我告诉你我不知道。你自己去问李悦。"他愤怒地对我说。

我一点儿力气也没有，不然准揍他。

我很想揍人，但我打不过王东生。如果我打不过这个人，我想我不会轻易动手。

很多天以后，我终于慢慢平息了我的不平——李悦怎么能就这样抛弃我呢？没有给我机会，甚至也没有给她自己机会做一下解释。这究竟是一件怎样的事情？跟前一阵子正好相反，之后的几天我总是躲在寝室里。我害怕出去看到阳光，因为我的眼睛总是红肿着。我时不时地叹气，要么就是发呆。有时候我的耳朵里面塞着耳机，但是CD机里面什么东西都没放。其实我更应该塞棉花。

话杰看到我的样子好像很心疼我，走到我身边，告诉我，这种事情本来就没得解释。"不要伤心啦，我的兄弟。"

"可是连东生都不跟我解释一下。"我丧气地说。我本来都还没把话杰当作我的兄弟，但此时此刻，此情此景，我也深深地拥抱了他一下。其实我还想哭，但是哭不出来。

"凭我的直觉，这事情很奥妙。"话杰坐在我前面，抽烟。我不知道他什么时候开始抽烟了。不过他抽烟的姿势虽然不老练，还挺好看。

"拿烟来，我也要。"我说。

我们抽了一次最苦闷的烟，因为我记得我把整间宿舍都吹了个遍，香烟点燃之后就向烧香一样，烧在我的手指尖上。我看见一根香烟被点完，就从话杰那边再要一根。自从话杰开始抽烟，他就有了一句名言：烟酒，从来都是不分家的。这句名言本来很危险，会让话杰倾家荡产。但是那时候我跟王东生的关系不好，导致我们三个人的关系不好，也导致了话杰没有因为他的名言而倾家荡产。我都不记得苦闷的话杰之后是否酗酒，一个酒徒不会在意另外一个酒徒今夜是在哪里借酒装疯。我很清楚，酒之所以让人类满意，就是因为它能作为一种保护，让人有理由"疯"。我总是奇怪古人如何从发酸的粮食中提炼出这样一种玩意儿。

话杰那天如何抚慰我我也已经记不太清楚了，毕竟时隔二十年。二十年在我口中，就像是一串邪恶的咒语。想起话杰那天抽的烟，我又想起另外一件事情。前几天我有一个老朋友来看我。也是多年不见（当然没有二十年那么久），他给我带了礼物：一支烟斗和几包烟丝。我几乎对这些玩意儿没有兴趣。但他很热情，手把手教我如何享受这样一种生活方式。但是当我抽起那些玩意儿的时候，居然情不自禁地想起了话杰。我平时不太想到他，更多的时候（也是微不足道）总是想起王东生。可见，"想起"这件事情是延展的，你能从这件事情想到另外一件事情，必定能从另外一件事情想到这件事情。

关于李悦的失踪，我想我的确应该想起来了。虽然我不太情愿。我摇了摇脑袋，发丝从我的耳朵边上滑落下来。这些发丝是代表了我对李悦的想念吗？

很快学校里传出李悦发生意外事故的传言。我听到后并不震惊——我心里有数，我感觉李悦是羞愧内疚而死，而不是出于某一次意外事件。不是出于车祸，更不是出于地震。我能想到的一切意外事件，除了抑郁而死，我再也想不到另外一种适合李悦走向死亡的方式了。

车祸怎么死？趴在轮胎底下，舌头也吐出来了。前胸贴地，后背贴着轮胎——可能轮胎已经轧过了，后背上只留下了轮胎的各种齿轮印迹。不管怎么说，这种死法太残酷了，死后的人也不好看，体姿无法完美。可是在我心中，李悦是完美的，死之后的李悦，仍旧是大千世界最好看的女孩儿。死法和完美一旦冲突，就要让我的脑袋炸掉。

在地震中，李悦东奔西跑，最后在一道很宽的大地裂缝中陷了下去，就像各种好莱坞灾难片那样，最后不知道去了哪里。房屋倒塌，天崩地裂……诸如此类的情况我闻所未闻，根本就没有发生过。也许从电视上还能看到一些，但也没有李悦的影子。这个想法也被我枪毙掉了。

其实我想把一切李悦的死法都枪毙掉，因为我不想让李悦离开我。每一种幻想都会给我带来巨大的快感，但我偏不要。小时候我一个人在家，爸爸妈妈出门在外，或者在打麻将，或者在做生意——我就会突发奇想，要是我父母从此再也不回家，我一个人如何茁壮成长。老实说，我想了不止一百遍，每一次都把自己想象得了不得。我如何一人做家务，管钱财，烧饭做菜样样精通，最后连抽水马桶坏了我自己都能把它修好，重新发出"唰"的一声巨大冲水声。

但是我还是不能想象李悦的死。因为这就像世界末日一样，太可怕了。

有时候我也企图从王东生那边打听打听。我总是认为王东生对李悦的行踪会比我更加了解，尤其是当我在李悦宿舍下面苦苦等待未果的情况下。但是王东生呢，他就像是我的仇家一样很不上路。我往东他就要往西，不是跟我捉迷藏，就是跟我打哈哈——自从我的生日之后，他跟我的关系可差远了，这也很正常。难道我们的关系会因为李悦这个漂亮的姑娘而变得更好吗？我所不能理解的是，我跟王东生，我们的关系到底是什么时候开始变得糟糕的。

也许就是从我认识李悦开始吧。应该是这样。让我想想，我跟王东生似乎有过一次关于抢马桶的冲突——我就像女人一样小心眼，所有的冲突，哪怕在对方眼中只是一次美妙的误会，我也牢记在心。我这种人，可见，是很危险的。

可是李悦就是那只马桶吗？

我开始盘算着与王东生一对一的谈话，要找好一点的地方，安静一点，最好不是咖啡厅，因为那种地方实在消费不起——我跟王东生又不是去谈恋爱，最好一分钱也不花。反过来说，就算花钱，最好也是王东生出钱。凭什么要我出钱呢。见不到李悦，我打算跟踪王东生。对于一个找不到爱人的男孩儿，生活实在是无聊极了。我甚至觉得，我的生活比李悦还没有出现在我世界里的时候更加无聊。在没有李悦的时候，我顶多抱怨我是一条单身汉。但是全世界单身汉无数条，我总是能找到一些安慰自己的理由。失去了李悦，就像口袋里的钱突然飞走了。一无所有并不是什么坏事情，掉了大笔的钱，那才是最坏的情况。

　　一天清晨，我终于等来了跟踪王东生的机会。我彻夜未眠，因为担心一觉醒来王东生又像近几天一样不知所踪。当我睡着的时候，王东生还没有回到寝室，一旦我醒来，王东生又不见了。这就是我那几天的遭遇。
　　其实王东生只是比平时稍稍晚一些回来。我猜疑他是谈恋爱回来，我甚至怀疑他根本就是跟李悦幽会之后回来的。我用我的鼻子拼命嗅，希望能嗅出一些李悦的味道。不管怎么说，在一百个女人当中我也能嗅出李悦的味道。何况在一个男人身上了。令人尴尬的是，我无法凑近王东生，他身上的味道我也很熟悉。我假装睡着了，但又不敢睡着。直到天蒙蒙亮，王东生也就睡了四五个小时吧。而且他不断地翻身，有时候还打开了床头灯。我倒是无所谓，除了回忆一些跟李悦在一起的快乐时光，也没有其他要干的事情。话杰儿度提醒王东生："不要开灯关灯，别人会以为我们这边在做军事演习。"话杰的声音就像他的人一样温文尔雅。关灯之后，王东生就开始翻来覆去，床也发出吱吱嘎嘎的响声。这一个夜晚就是在这种隐秘的对峙情绪中度过的。我闭目养神，最后听到了黎明时分窗外小鸟的叫声，踢踢踏踏一些早起锻炼的老人一边跑步一边打开了小型收音机，天气预报也从外面传来。

最高十七度，最低十七度。

这是什么鬼天气。不知道是不是我幻听，这也是我第一次听到最高温度跟最低温度都一样的天气预报。

在微弱的晨光中，我就像失去光芒的探照灯一样盯着蠢蠢欲动的王东生。我很奇怪一个晚上没有睡着的他为什么要起床。我越来越兴奋，就像我幻想中的一切就将来临，一切都将被我证实。我的猜测就是，王东生把李悦藏起来了，故意不让我见到。王东生这个人可真坏。

王东生穿衣服的速度可真慢，一件衬衫颠来倒去要穿三遍，在他那一年四季都不会摘下的蚊帐中换衣服本来就不方便，我就像是在百货大楼里给女朋友买了一件衣服一样，要等她穿了之后满意才算成功。好在王东生终于穿好了，也许他之前总是为了找不着一颗纽扣而忙活。

他总算起床了。我也该随着他起床。一个跟踪者不能太快，当然也不能太慢。跟踪王东生让我精神抖擞，哪怕一个晚上都在想入非非。

他出门，往右，接着走出了宿舍楼，而后的去向也将在我的视野里。他一定没有料到我会跟踪他，这是我兴奋的另外一个理由，因为这件事情全世界恐怕只有我一个人知道。天气开始凉快，风把树叶带到大街上。树叶们在大街上打滚，一滚就能接二连三，就像体操运动员一样。而我就是一个侦探。

王东生到食堂，买了一些生煎馒头之类的东西。我可不像他那么饥饿。他从未像现在这样吃得带有欧洲上流社会那样的风度，可惜环境是在食堂。我那时候对他的厌恶是从头到脚的。以前就算他放屁我都能说香的，因为那时候他是我的哥们儿，现在就不是。其实我为人很简单，只要对得起我，哪怕他在外面作奸犯科，引得洪水猛兽或者天崩地裂，他依然是我的兄弟；如果他对不起我（比如说，抢走了我的女朋友），那他就算是雷锋赖宁董存瑞，我都不把他当作兄弟看。他吃完东西以后往小树林那边走去，让我愈加狐疑起来。晨曦比任何时候都美好，只是王东生这家伙破坏了这样一个美好的早晨。我看到他把随身携带的背包往小树林里面一个长凳上一摔，然后就心满意足地躺了上去，眼睛也马上闭上了。

这小子难道要以这样的姿态等待李悦到来吗？真不可思议。我当然还不能马上暴露身份，可是又有点羡慕他。他不仅吃饱了，还能这样在微弱的阳光下躺在树林里面闭目养神，简直赛过活神仙。做一个私家侦探可真辛苦，我站着觉得腿酸，蹲下觉得腿麻——其实我也想躺在那个长凳上，我想躺在王东生旁边，甚至抱着他一起睡觉。这才是好兄弟啊。当然啦，我希望王东生变成李悦，让我和李悦回到那些美妙的夜晚。我记得我和李悦，就是在这附近，一边喝酒一边拥抱。突然间我也想，有过了这样的经历（跟李悦一边喝酒一边拥抱），也算是不枉此生。

我等了半天，李悦没有出现，而王东生在那边打起呼噜。我气愤得要死，一个美好的早晨就这样在一次虚无的等待中虚度了。我把拳头捏紧，拖着又酸又麻的双腿，来到了王东生面前。

"喂喂。王东生。"我冲着他大叫。

王东生似乎没有睡熟，我一叫他他就醒了过来。他看见我就像看见任何一个陌生人一样没有表情。

"王东生，你躲在这儿干吗？"这回我并没有加重语气。

"你看到了啊，我只是在这儿睡觉。"王东生懒洋洋地说，"请你别挡住我的阳光。"

经他提醒，我才发现太阳把我的脑袋印在了王东生的脑袋上，而且我那个黑色的脑袋正在冒烟。

"好，我不挡住你的阳光。"我深呼吸一口，轻轻地坐在那个长凳被王东生的身体睡掉的余下一部分。

"东生，你能跟我说说到底发生了什么事情吗？我快疯掉了。"我把我毕生的诚恳劲儿全花在这一句话上面了，期待王东生的回应。

我等了半天，终于没有等来王东生继续睡下去而产生的呼噜声音。但王东生并没有表现出极大的热情来回应我。

我深情款款地看着王东生的脸。终于，他不好意思了，也坐了起来。

"小饭，哎……"王东生欲言又止。

"怎么了怎么了？你快点说。这些天我怎么也找不到李悦，她的电话，她的寝室，上课的地方，我都没有办法找到她。我想你会比我有办法。"

"这个不是办法不办法的事情，我跟你直说了吧，事情其实并不复杂。"

"嗯。"我点头等待他继续说。

"那个李悦，你知道我跟你是一起认识她的。"

"对呀。"我说。

"她先给我写的信。"

"嗯？"

"她给我写了一封信，想必你也知道。她用'小美'这个名字给我写信。那封信其实是李悦写的。"

我想了想，好像是有这么一回事情："'小美'约你去河边谈谈？"

"对，就是那一封信。后来我去了，看到了李悦。我跟她谈了谈。"

"谈什么？真奇怪。"我明知故问，其实我能猜到他们谈了什么东西，但我必须这样装糊涂。

"那时候，我感觉你们已经好上了，所以当我在河边看到'小美'的时候惊呆了。我怎么也没想到'小美'就是李悦——也许我想到过，我不记得了。但是李悦看到我就率先表明了自己的身份。"

"对，李悦这个人就是挺直爽的。"我在帮李悦说话呢。

"但我有点糊涂。我想既然她跟你都好上了，为什么又要约我出来呢？还把我约到河边。"

"是啊。很奇怪。"我就像所有的傻瓜那样傻，至少要装得那么像。我也知道约人家去河边，差不多就是一种极其猥琐的暗示。对，极其猥琐。

"李悦比我想象中还要直爽。"王东生紧锁眉头，我相信就算是他在骗人他也能装得如此诚恳。我只是想知道你王东生，人家直爽你直爽不直爽。"李悦怎么说，你告诉我好了，反正李悦总是不见我。我跟她也算分手了吧。"我故意把"分手"二字说得很重，"肯定要分手了。"我又补充道。

"不管怎么说，兄弟。"王东生把脸转向我，"兄弟，多多少少，我有点对不住你。"很奇怪，被王东生叫了很多年"兄弟"，这次两声"兄弟"的感觉特别奇怪。我几乎要被感动得哭出来。我说："嗯，兄弟，没事儿，你说。"

"那天不知道怎么的，我和李悦在河边坐了下来。喏，就是那张椅子。"王东生用手指了指不远处树下一张长凳。师范大学素来以谈恋爱著称，那些长凳都非常诗情画意，到了晚上更是如此。在我眼前马上出现了王东生跟李悦相拥而坐的场面，月色撩人，云淡风轻……

可是我要马上听王东生继续说下去。

"那天晚上，不知道怎么的，我居然……"王东生又一次令人失望，没有把话说完。

"怎么了怎么了？"我焦急地问。

王东生看着我，眨了眨眼睛，没有说。

"你快说呀，你跟她怎么了？"

王东生就是看着我，什么话也不肯说了。

"靠，他妈的。"我想我已经明白了。我以己推人，确定他们那个晚上就是我跟李悦那几个晚上的样子。发生的事情大同小异，因为主角都是一男一女，不会有别的什么花样。

"那天你们喝酒了吗？"我傻里傻气地问。

"嗯……"王东生想了想，"好像喝了一点，是李悦准备的。"

"这就对了。"我拍了拍我的两个手掌，嘴里咬牙切齿的。

"可是最后，我还是跟李悦说，不行。"

"不行什么？什么不行？"我嘟囔着，"我看，怎样都行。"

"可是那时候你跟她正在谈恋爱啊。"王东生好像很冤枉一样。

"什么时候的事情？让我想想噢。"我的确是在想到底是什么时候的事情。也许我跟李悦还没有摊牌。

"嗯，好像还没有好，但是你们已经有了很多接触，我看得出来，你那时候是很喜欢她的。几乎都把她当作了你的女朋友，你还跟我说，'四人派对'也要找李悦的。"

"对，没错儿。我有印象，在你接到了'小美'的信之后，我跟李悦差不多马上好上了。"这真是一个很糟糕的发现。原来李悦是被王东生拒绝之后才接受我的。我真想哭。

"反正这之后我跟李悦再也没有过什么来往。"王东生好像沉冤得洗一样洒脱地说。

"就这点破事儿？"我有点不敢相信，联系到我生日那个晚上两个人的反应，肯定不止就这么点事情。我想那个晚上只是一个开始，更多见不得人的事情在后面才对。

"本来就这么点破事儿。可后来还有一点机缘巧合。"

我靠，我当然了解王东生。"机缘巧合"？说得好听。

"什么机缘巧合啊？"我问。

"你还记得吗？有一天，其实有好几次，我们，就是指我看见你们两个人，好几次我们都碰上了，看见你们在一起我的心里其实挺难受。"

"咦？真奇怪，我们在一起好好的，又不让你请我们吃饭，你难受什么？"

"错就错在，其实，后来，我发现，我对李悦，有那么一点喜欢。"他说话声越来越小，但别以为他这样我就听不见他说的话。我听见了，我听见了这句话，我真想揍王东生。居然对兄弟的女朋友有所企图，这还像兄弟吗？我就皱紧眉头看着王东生。不错，王东生的表情中流露出来了一丝愧疚，这让我多少好过一些。

这时候王东生摸出了一包香烟。这年头是个男人都有烟，话杰也有，连王东生这种，平时都不抽烟的人都随身携带这种东西。他递给我一根。我本来要拒绝的，可是马上接了。王东生给我点了一根烟。也许是因为我一夜没有好好休息的原因，我抽了一口就呛了起来。

"慢点，别着急。"王东生跟我说。

"那你快点把事情说完吧。"我说。

"有一天我们三个人在学校后门碰上了，而你却留李悦在我旁边，自己去凑什么热闹去了。你还记得那一次吗？"

"当然记得，我是准备去看别人打架的，后来看到了一帮人在那边演习什么'我是最好的，我是最棒的，我一定要成功'。"想起这件事情我就气愤，同时也令我大失所望。"原来就是那天，你们又怎么了？"

"你离开的那一小会儿，我跟李悦说了几句话。"王东生停顿了一下，说，"我跟李悦说我还是有点喜欢她的，就是这样，很简单，就是趁你离开的一小会儿说的。"

我噘起了嘴，装出愤怒的样子。王东生看到后显得很懊恼。不知道他在懊恼什么。其实我也很懊恼，我不应该把李悦抛下，一个人看什么最好最棒会成功之类的破玩意儿。"后来呢？"我问。

"后来，我们又见了几次。"

我想我明白了，事情原来就是这样子。并不出乎我的意料。事情真简单。"东生，可是你知道李悦现在都在干吗吗？她好像人间蒸发了一样，怎么找也找不到她。"

"我也找不到，真的，其实我也一直在找她。"

"可是我没看见你找她。"

"对啊，我看见你在她寝室楼下等她，我其实就在你的后面。"

"我怎么没发现你呢？"

"我没打算让你发现。笨蛋。"

的确，我够笨蛋的。我的笨蛋之处在于，我根本不知道李悦跟我在一起的时候到底是否喜欢我。如果喜欢我，又怎么会还找王东生呢？或许，退而求其次，李悦喜欢我，但是不是最喜欢。可是我是最喜欢李悦啊。真不公平。

"小饭，其实，李悦，归根结底，可能不是好女人。"

"我不明白你的意思。"我说，"而且，我不想明白你的意思。"我很直爽，因为在这样一个早晨，我已经知道了我想知道的一切。

"谢谢你，告诉了我这些事情。东生。"

王东生做出了一副无可奈何的表情。他的烟快抽完了，就像一个早晨快结束了一样。

之后我也抽完了，我们一起躺在了那一张长凳上。也许是因为我太累了，也许是因为一根一直绷紧的弦开始松开，也许是因为这一天的阳光照在脸上特别舒服。很快，我跟王东生都睡着了。当我们醒来，夕阳已经西下。这一点让我相信，这些天我们两个都很累。

## 11 校园盗窃案

把这些事情回忆到这里，多少有那么一点感慨。至今我都不愿意承认，李悦是喜欢王东生胜过喜欢我。打死我我也不承认，因为一旦承认，我整个人就像被抽空的塑料袋一样，失去回忆的勇气。关于爱情，我这辈子也将没有任何值得骄傲的经历。我一厢情愿地相信我跟李悦之间的爱情十分美好。就算我没有得到她，我也不会放弃对那一段爱情的保存。

那天我跟王东生在小树林里的长凳子上睡着了，当我们醒来后，面面相觑。觉得对方都很傻。的确，我们都很傻，不过可能我更傻一些。但是谁知道呢？

我醒来后腰酸背疼，毕竟气温就那么点，任凭太阳晒，也晒不到十七度。

可是我惊讶地发现我随身携带的小书包不见了。我惶惶然，因为里面有我的身份证、学生证、交通卡、银行卡等。我摸着自己浑身上下的口袋，企图从我的口袋中发现我的书包，显然这不可能。我只能再一次看看王东生，可笑的是，王东生居然也在摸口袋。

"我的钱包不见了。"王东生叫了起来。

"靠，我的书包不见了。"我相对冷静一些，"但我的钱包还在。"这就是我冷静的原因吧。实际上我倒是宁愿丢掉钱包，因为我的钱包除了一些钱，并没有什么重要的东西。那些卡、证件，要远远比几十块钱更加重要。失去了它们，我就多了很多麻烦。补办证件是最头疼的事情，甚至比赚钱更令人头疼。

王东生在长凳子四周草地上摸索，毫无斩获。这让我相信，我们碰到了小偷。这种偷法好像叫作"顺手牵羊"，是最文明的偷法。

我只是呆呆地看着河边，还有夕阳。因为我知道小偷不会在附近手举着钱包和书包等着我们发现。就像我丢失了的自行车，再也没有找到一样。

天色渐渐暗淡下来。"走吧，回去再说。"我跟王东生说。

"奇怪，他们为什么不偷你的钱包呢？"王东生这样一说，好像是我扒了他的钱包似的。皇天在上，我自己丢了书包，而且我没有偷他的钱包。我把我上上下下的口袋翻给他看，可是王东生不要看。

"好啦好啦，回去吧。"

我们两个人并肩走在校园里，这让我觉得很温暖。这正是友情的开始，我想。我偶尔还偷看王东生的神情，因为我也希望他能像我这样想，这是我们友情的再一次开始。但是我看到王东生的表情很奇怪，他仿佛在想着什么高兴的事情。我虽然也很高兴，但没有写在脸上。

"笑什么呢？"我问他。

"没啥，是苦笑。"王东生回答。

回到寝室后，话杰也在。之前我们不知道他在干什么。我和王东生回来之后，他却什么都不干，看着我们俩。

"看啥？"我首先问话杰。

"嘻嘻嘻，怎么？你们两个和好了？"话杰很直接。

"本来就没什么不好啊。"王东生说。

"切，吹牛。两个男人跟一个女人的故事，我早就听说啦。不过你们两个能和好是最好了，何必为了一个女孩儿伤兄弟感情呢？"

话杰说的是很有道理。他自从失去了他长年累月一直追求未果的女孩儿后，对女人的看法一泻千里。

话杰分给我们烟抽。不知道从什么时候开始，我们寝室成了工厂烟囱下的小屋，每天都烟雾缭绕，可以称为"雾室"。如果我们齐心协力，能使白天变成黄昏，傍晚变成黑夜，伸手不见五指。

在一片烟雾缭绕之下，我们各自睡着。不知道为什么就是发困，白天都在小树林里睡了一天了，可能没有睡踏实。其实我很高兴，仿佛从失去李悦的时间中摆脱出来了，解脱了。李悦就像是一只会飞翔的孔雀，从我身边突然飞走。我只是需要一些时间让这件奇怪的事情变得不奇怪。

第二天气温骤降，早上差不多我们同时醒来，各自都寒暄了几句"冷死啦"之类的话。

我得从阳台上收一些衣服下来。棉毛裤，连同几件毛衣，因为长久窝在柜子里，都被我放到阳台上去晒了。并不是所有的男人都是懒虫——我当然是懒虫，但懒虫也有勤奋的时候，不然天底下的懒虫恐怕就该死绝。

可是我在阳台上没有发现我的衣服和裤子，甚至，连内衣内裤也没有发现。真奇怪。难道是我记错了？难得我晒衣服，不可能记错。话杰这家伙，一定是他把我的衣服裤子都收起来了。他其实很糊涂。也可能是他装糊涂。我转身进寝室，对话杰说："喂喂喂，你收了我的衣服吧？"

话杰其实还没有醒透，正在与睡眠做最后的抵抗。

"嗯……没有……嗯。"

我不知道他的"嗯"作数呢还是"没有"作数。正在打算继续问他，突然王东生走到我面前问我。

"是你收了我的裤子吗？"

"没有啊。"我干脆地说，想了想，一定都是话杰收的，"应该是话杰把我们的衣服都收掉了。这家伙，老是这样，我记得以前他就老是收我的袜子，居然还把我的袜子当作他的穿了起来。"

"话杰，你错收了我们的衣服啦。"王东生大声叫道。

"没有没有。"话杰好像被我们激怒了，也许他正在与一个美梦做告别。

我又看了看王东生，我们互相打量，难道是我们互相收错了对方的衣服？

经过几次三番的确认，我们还互相打开了衣柜，发现我们的衣服不翼而飞了。这其中还包括了话杰的衣服。我们一个寝室的衣服都不见了。当然并不是所有的衣服裤子都不见了，那将是一次神话事件。根据我们的统计和回忆，我们三个人晾在阳台上的衣服裤子都被别人拿走了。

可恶的小偷。我对小偷越发愤怒了。他们不仅拿走了我的书包，还胆敢取走我的衣裤。

"让我们组织一个'反盗窃联合会'吧。"王东生大叫。

好主意。我从来都赞同"有仇必报"诸如此类的宣言。

"'反盗窃'到底是怎么个'反'法？"我问。

"就是偷光所有的东西，让那些小贼没有东西可以偷。"王东生说。

哈哈哈，我们都大笑起来。那一天早上的事情就是这样的。

接下来我得说真正的"校园盗窃案"到底是怎么一回事了。其实有关校园盗窃案，主要是一个人干的，这个人，就是我。四十岁的我，来回忆这件事情，还是觉得很爽，很刺激，很过瘾。

虽然我跟王东生互相之间坦白了有关李悦的大小事情。总体来说，我虽然对李悦有着浓烈的爱意，但对她这些所作所为还是很有意见。一句话，她不能瞒着我。当然，后来想了一想，她瞒着我也是对的，难道一个女孩儿会跟自己的男朋友说她正在喜欢另外一个男孩儿吗？而且这个男孩儿，还跟自己的男朋友算是好兄弟。所以这样一来，我又想明白了。我还想，说不定李悦也很痛苦呢。对她来说，这是一件非常尴尬的事情。而且不是她愿意面对这样一种尴尬。这是老天的不对，怎么能让李悦喜欢上王东生又跟我在一起？真是气死人了。

不管怎么样，我还是想找到李悦。这样一个消失的女孩儿，找到她对我来说充满挑战。

每一个夜晚，我都像巡逻警一样在师范大学的校园里闲逛。看到一些小流氓，我就吹口哨。如果对方也吹口哨，那我赶忙转身就跑。通常的情况是，我吹口哨之后，对方就转身跑掉了。我想那时候我头发已经很长，在夜里，人们看见我，就像看见"黑白无常"一样可怕。

我到处走，最后总是走到女生宿舍楼下。面对着李悦的寝室，我经常要发呆超过十分钟。有那么一个夜晚，我在那个女生宿舍楼下，发着呆，注意力莫其妙就来到了一件飘荡在夜风中的裙子上。这件裙子真漂亮，白色，还带有一些浅绿色。它飘着飘着，就让我想到了李悦。在隐隐约约的星光照耀下，我感觉就像是李悦穿着那条白色裙子在夜中跳舞。我虽然从没有看见李悦跳过舞，但我跟李悦在一起那么久，直觉那就是李悦的身姿。李悦要是跳舞，一定是那样的。

想着想着，我就高兴起来。好像我已经找到了李悦那样。我没有多想，就伸手把那条裙子从女生宿舍的窗口摘了下来，就像摘一个芒果那样。

当我手里捧着这条轻柔的裙子，我想我一定是疯了。

当然，其实我早就疯了。

我拿着裙子，突然意识到我得迅速离开。万一真正的夜间巡逻大叔看到我这样，一定把我揪出来：变态男生夜间在女生宿舍楼行窃，盗取女生漂亮裙子一条。特大新闻，第二天一定上报纸，我想。

因为对师范大学的地形很熟悉，我选择了一条最僻静的小路，手心里捏着裙子捏出了汗，心脏嘭嘭嘭乱跳，紧张得要命。

我终于在一条小河边停下了脚步，背靠着一棵大树，喘着粗气。

呼哈呼哈。

我兴奋得要死，甚至裤裆里也有这样的感觉。这时候，忽然想找一根香烟抽。面对着这样一条轻柔无比的裙子，我笑得灿烂，非常变态。我久久地看着这条裙子，就如同看着李悦那样。

最后，我还是把这条裙子送回女生寝室楼，物归原主，好似我送李悦回宿舍一样。

最后，我轻轻地与这条裙子吻别。

整个过程，都是紧张刺激。到后来，我已经完全不去预想被巡逻的大叔抓住是什么样的后果——什么样的后果对我来说都已经不那么重要。

我猜想，那些偷走我和东生，当然还有话杰衣裤的那个小偷，是不是跟我有一样的想法。

但是女孩儿的衣物对男孩儿来说是一种宝物，男孩儿的衣物，对什么样的人才是宝物呢？

这么一件荒唐的事情，我只干过一次。后来我终于在学校门口的二十四小时便利店买到了香烟，抽完一支又一支，最后，心满意足地回我自己的寝室睡觉。我好像完成了多年来的心愿一样满足、充满成就感。


我的年轻时候的女朋友，那个叫李悦的女孩儿，自从我二十岁生日之后，跟我再也没有见过面。我们之间的故事，完全只在我的大脑中发生。不是已经发生，而是正在发生，时时刻刻在发生。也许在大多数情况下，只是我没有意识到而已。我希望每一件事情都很甜蜜，虽然事实并不如此。二十年前的事情，已经在我的回忆中完完全全地过了一遍，还有什么是我遗漏的吗？

之后，我跟王东生各自毕业，关系一直是那样，不如以前那么亲密，也不至于互相找到对方打上一架。所以二十年来一直没有联系，并没有什么好奇怪的。我也从其他人的口中获得了一些消息，据说王东生出了国。当然，出了国之后，我不可能再知道一些什么了。

话杰也没有联系，那是因为在毕业之前，他选择去了西部一个小城市教书。见到了王东生之后，我真想再见见话杰。瘦骨嶙峋的话杰，痴情种话杰，天知道他现在是什么样子，我根本没办法想象话杰中年的样子。

那还不如先去找王东生，好好跟他聊聊。根本没有什么大不了的事情，二十年没有见面，单单半个小时的谈话显然远远不够。这当中还包含了我希望得到一些李悦的消息这个小小的私心。我完全不知道王东生是否还会有李悦的消息（我已经不记得李悦到底是因为什么消失在我生活中的），但我还想试一试。是的，我至今都没有放弃追寻李悦的消息。在这样一个神奇的早晨重新让我找到了一丝线索，我不可能轻易放弃它。

我从书房里出来，看着我的猪头老婆，我的脸上露出了非常诡异的笑容。

"刚刚那个送外卖的，那是我的老同学，王东生，你知道吗？"我就如同要宣布一件重大事件一样，对我妻子郑重其事地说。

"当然知道，看你们刚才那样，我就知道了。"妻子在看电视，对我的重大事件并不怎么关心。她对什么都缺乏兴趣，我不知道她活着有什么乐趣。

"那我，明天准备去他饭店，跟他好好聊聊。"

"你去就去呗，我又不会拦你。"猪头一边嗑瓜子，一边说。显然，她没有看出我的用意。我忘了有没有告诉猪头，在大学里，在我年轻的时候，我有过一个女朋友的事情。这么重要的事情我也没有跟我妻子交代过，我有点怀疑自己这么多年来跟我太太都说了点啥。

## 12 梦回快餐店

第二天，我在一个晴朗的午后，按照多年来我叫外卖的那一张卡片（上面有我叫外卖需要拨打的电话号码），我找到了那家名为"今天到永远"的快餐店。装修得不错，生意也比我想象中要好（我以为这种小饭店几乎是无人光顾的，就像香港电视剧里那种"某记"一样）。在这家属于王东生的快餐店里，服务员正在忙碌。当然，有许多我应该都见过面，只是我一时想不起来哪一种声音属于哪一个服务员。透过玻璃，我看到很多人正在迅速进食。吃饭对于这些人来说只是一个迫不得已的过程，而不是一个享受的过程。吃完饭还有更多事情等着他们去做，以求得生活的基本条件。

我踏入"今天到永远"快餐店的大门，忽然之间有点头晕目眩。我在一片诡异的气氛中看到了一个女人，四十岁左右，似曾相识。让我仔细回味一下，是不是呢？她长得的确很像李悦。这可真奇怪。哪里像？五官上跟我记忆中的李悦毫无二致。我想李悦到了四十岁一定就是这样子的吧。我正想上去说句话，甚至问她："请问，你的名字是不是叫李悦？"可是转眼之间，这个妇人又不见了。

难道是我看香港电视剧看多了的缘故？很简单，问问王东生。

我找到一个服务员，让他帮忙把他们的老板请出来。

"往那边走，先生，老板应该在。"这声音我熟悉。

没等我找到王东生，王东生从背后拍了拍我的肩膀。

"嗨。小饭。你怎么来了？来之前也不通知我？我也可以准备准备。"王东生显得很高兴，忽然又好像忘记了什么，四处张望寻找什么东西。

我回头看到了王东生，那个长相酷似李悦的女人也随即出现了。

我没跟王东生打招呼，先进行求证。我问王东生："你看那个女人，像不像李悦？"我把手指向王东生背后。

王东生回头一看，哈哈大笑。

"你看没看过《情书》？"他问我。

"日本人岩井俊二的片子，看过。那是很久以前看过的，我都不知道那个片子到底讲了些什么。怎么了？"我想马上得到答案。

"你看过就应该明白啊。我就像藤井树。哦，不，我就像柏原崇。是我找了一个很像李悦的人结婚了，她是我太太。"

"什么乱七八糟的？"我在疑惑。但是我的确想不起来那个片子到底是讲什么的。

王东生突然紧张："也许我没告诉过你，那时候其实我也喜欢李悦。"

"是的，你从没告诉过我。"我神情严肃，我记忆中并不是这样，我记得是李悦喜欢他。

"好在时间都过去那么久了，你应该不会生气了吧。"王东生轻松地说。

我更加晕眩了。我这回仔细地看了看王东生的太太，哦，老天，让我马上镇静下来。怎么会这么像？更可笑的是，王东生真的会因为这个女人长得像李悦而娶她做太太，就真的像《情书》里那样？我半信半疑。王东生向来都是一个不可以完全信任的人，这一点我还记得住。可王东生表现得很轻松，于是我想我也应该如此。王东生带我到了一个类似"雅座"的小包间，他的妻子也一起陪伴我们。小包间在紫色的窗帘遮掩下就如同一些声色场所那样，每一个角落都散发出颇为奇怪的气息。

有服务员给我们上了两壶上好的茶水。身材高大的王东生此时已经坐在我的面前，而我把玩着茶壶，那茶壶还非常烫手，但我心不在焉。

"其实，"王东生有意思地做了一次必要的停顿，"其实李悦根本就没死。她只是羞于见人。"说完他乐呵呵地笑了。

"啊？可我怎么就记得她死了呢。"我有点糊涂了，"但我也不是很肯定。你怎么知道她没死？这到底是怎么回事？"我说完看了看正依偎在王东生身旁的他的妻子。王东生的妻子也在看我，面带着十分友好客气的微笑。

"你就是老糊涂。其实是我当年骗了你。"王东生说。

"你总是骗我。"我呆了半天,最后还是不置可否地应了一句。

"可是当年也是她要我骗你。"

"她是谁?"我紧张地问。

"当然是李悦啊。还有谁?"王东生很奇怪我的问题。

"没有这个必要吧。"我好像还没有把事情弄清楚,完全处于被动的地位。王东生就好像知道一切,而我,对那些关键的情节一无所知,总是被蒙在鼓里。

"她那时候付出的代价也挺大。她也是为了不让你难受。"王东生开始认真起来,说完这一句,他看了看他的妻子。妻子用一种令人温暖的笑容正在默认王东生的发言。

"是吗?"我其实不明白。我还怀疑王东生在他的妻子面前跟我讨论李悦是否合适。我看了看王东生,又看了看他的妻子,表示是否应该不让他的妻子参与到我们的探讨中来。可是王东生笑容可掬,似乎毫不在意。既然他不在意了,我好像也没有理由在意。我又看了看他的妻子,总是觉得有什么地方不对劲。

"李悦,她还让我总是陪着你。"王东生又说,他的每一句话都好像是在为李悦辩护。

"陪我?你陪我干什么了?"我越发奇怪了。

"我陪你偷女生内衣裤啊。哈哈。难道你忘记了?"

"嗯?"让我好好想一想。有这么一回事情吗?关于校园女生宿舍衣裤偷窃案,我记得是我一个人干的。再想想。

再想想。

"你再想想。"王东生也这么劝我。

好像想起来了。但好像又不是这么回事。

"嘿，你这家伙。你怎么都忘记了？那些夜晚我们一起等在李悦宿舍的门口，你看到了一条很漂亮的裙子。你硬说那条裙子是李悦的，就把它偷了回来。一路上你跑得飞快，我根本追不上你。"

"我记得我是偷了一件裙子。但是没有偷女生内衣裤。"我强调，"而且后来这条裙子我还是还了回去。"我朝王东生的太太——也许应该直接叫王太太看了一眼，脸上突然热了起来。

"扯淡。第一次你偷了裙子，根本没有还回去。那件裙子被你一直放在你的枕头底下，嘻嘻，后来被我不小心发现了。之后我还跟你一起去偷了好几次，你把那些你所谓的李悦的衣服裤子都放在寝室里，我都觉得你疯掉了。"四十岁的王东生，说起二十年前的事情（真假难辨）非常起劲，甚至比我还起劲。说起这些事情，我觉得他简直就不像四十岁的人了。

我很专注地看着他，希望他继续说下去。这些事情我怎么一点儿也不记得了。

"还有呢，还有呢？说实话，东生，这些事情我都不记得了，完全不记得了。"

"偷了那么多次，后来引起了女生们的警觉，都不把衣服裤子晾在宿舍外面啦。当然，我觉得她们一定还把衣物失窃的情况反映给学校了。"

"这你怎么知道？"我问。

"呀，你这小子。后来我们就被抓起来啦。"

"啊。我们被学校抓起来过？"我几乎从凳子上跳了起来。这件事情太不可思议了。因为这么重要的事件，我居然一点印象也没有。

"是啊，我们被学校巡逻的保安抓住了。那时候可尴尬了，你的手里拿着女生的吊带衫，我的手里是你刚刚交给我的连衣裙。手电筒从小树林里射出，照在我们的脸上，当时我们完全傻掉了。"

"接下来呢？接下来呢？"我很兴奋，这么激动人心的往事，我都没有想起来，我真是罪该万死。这些往事要比我热爱收听的世界奇闻逸事更能让我激动呢。

"最后不还是我顶的吗？"

"你被警告处分了。"我说。其实我是直觉（并不是因为我想起来了），因为这种事情一旦东窗事发，学校方面的警告处分肯定免不了。但是王东生以为我失去的记忆被挽救了回来。

"啊哈，你终于想起来了。对吧？无所谓，反正我当时就要出国。你又是我十多年的好兄弟，帮你担着也是应该的。"王东生高兴起来，他一定觉得这些事情都是他个人光辉史的一部分，为兄弟两肋插刀，诸如此类。他从口袋里摸出了香烟，又看了看他的太太，腼腆地笑了笑，"就抽一根，难得的。"王太太点头允诺了他的要求。

我正按照王东生给我的提示，把我二十年前的事情"再想想"。也许事情应该是这样的：在我二十岁生日聚餐那个晚上，李悦跟我闹分手之后，她一直躲着我（完全没有这个必要啊），按照王东生的说法，实际上他们两个人"两情相悦"，她躲着我，却跟王东生一直有联系，还让王东生一直"陪着我"。之前他们其实早就有那么一点关系了，只是一直瞒着我。在我生日那天晚上，先是王东生在我面前发泄一通，最后李悦看不下去跟我正式说拜拜——可能两个人都因为我，互相之间还有一点误会和不理解，到那天晚上真相大白，反而破釜沉舟？天哪，到底是不是这样？我为什么总是被蒙在鼓里？但是后来王东生要出国了，李悦为什么还不出现呢？

　　"东生，可是你都出国了，李悦还不肯跟我重新好吗？"我问。

　　"事实上，李悦她后来跟我一起出了国。我想这个你应该不会知道。"

　　"嗯，我当然不知道。我不知道的事情可太多了。那你们是什么时候结婚的？"

　　"啊？谁告诉你我跟李悦结婚了？"王东生张大了嘴巴。

　　"噢，原来你们一起出国没有结婚啊？我只是瞎猜的。呵呵。"我突然莫名其妙得意起来，"事情都过了那么久，就算你们那时候真是一起出国结婚我也不会在意。"

　　王东生听我说完之后突然"嘿嘿嘿"笑了起来，又看了看王太太。我真不明白他，本来这些事情就都不应该让他老婆听到,被他老婆听到了他居然还在他老婆面前这么得意。

反正这件事情我觉得很荒唐,简直荒谬。因为这件事情跟我想象(或者记忆中)的不完全一样,甚至,有很大的区别。当一件事情跟我的记忆产生很大区别的时候,我会有轻微的怒。

王东生抽烟的姿势不知是不是特别练习过,很酷,跟他一贯的形象还是很吻合的,即使我多年不见他,依然能想象他,如果我想到他抽烟,一定是这样。他一边抽烟一边乐呵呵,那些烟从他的鼻子,嘴巴纷纷逃逸,污染了整间包厢。

"说实话,小饭,你觉得我老婆跟李悦到底像不像?"王东生突然来问我。

"像,太像了。东生,我几乎不相信她不是李悦。"我肯定地说。我宁可相信王东生是在编一个《情书》一样的故事来骗我,也不相信这个王太太不是李悦。我突然把《情书》的故事想起来了,柏原崇并不是找了另外一个"藤井树",而是找了一个跟藤井树很相像的女孩儿结的婚。

"看来不要跟他开玩笑了吧,告诉他吧。"王东生忽然温文尔雅地跟他老婆这么说了一句。

"小饭,不好意思,东生他跟你闹着玩呢。你也知道他是这么个人。"王太太终于跟我说话了,声音都那么似曾相识。

"你真的是李悦啊。"我大叫一声。我就像第一次见到亲生父亲一样激动不已。

"是啊,我是李悦啊。你居然到现在才知道。够气人的。"王太太嗫了嗫嘴。我看到她嗫嘴的样子，突然间要崩溃了似的。

"他妈的，你个王东生。又来耍我。"我站起来，冲着王东生大骂。

可是骂完之后，又觉得后悔。都四十几岁的人了，为什么还对二十年前的事情如此耿耿于怀。

主要是，王东生今天又来编故事给我听算什么意思啊？

就像二十年前他总是在我的呼机上留言一样幼稚。这是年轻人互相开玩笑吗？但四十岁的他，还能对四十岁的我开这样一个玩笑，真是令人又生气又好笑。

"哈哈哈哈哈……你居然才意识到？要不是我问你这个问题，我估计你真以为她不是李悦了呢。"他笑得前俯后仰，一只手始终挽着王太太——李悦。我看到这个场景，完全泄气了。我没有想到时隔二十年，王东生居然一点儿也没变。上一次在我家见他的时候，我都以为时间让一个男孩儿变成一个男人了呢。

李悦拍了拍王东生的背，呵斥他不要太过分了。"二十年没见人家了，也不能跟人家好好谈谈。你真是的。"

"看上去你们挺幸福的。"我由衷地说了一句。我看到李悦听了我这句话，看着我幸福地笑了。

她为什么不感到一点儿羞愧呢？当初可是她跟着我又爱上别人的啊。我站在一个受害者的立场希望他们两个人正正经经安慰我一下。

在王东生小饭店的包间，我们聊了一个下午，当然有很多东西说。王东生听李悦的话，跟我"好好谈"了很多，也表示了相当的愧疚（这时候我才觉得舒坦一些）。之后，在非常友好的氛围下，我们一起共用晚餐。服务生一个接着一个上来，让我们的桌前堆满了各种菜肴。还有美酒。这么一个愉快的时间，一起聊天回顾我们二十年前的花样年华，当然需要美酒做伴。当我们说到最为惊心动魄的"校园盗窃案"，我们都哈哈大笑，非常爽朗。我说：

"这么小儿科的事情，我到现在都不相信是我干的。至少是你的主意吧，东生？"

"是啊，我也这么猜想。"李悦说。

"这么刺激的事情，我怎么可能忘记？那回真不是我的主意。你别忘了，我就是因为那件荒唐的事儿才被学校处分的啊。我不会自讨没趣啊。是你那时候，什么事情都往李悦身上靠。过了之后我还把这件事情告诉过她呢，你说是不是？"王东生说到最后还找李悦做人证。

"嗯，那时候啊，我觉得，东生这样做，多多少少也很仗义，因为我们两个，一直都觉得亏了你。"

"亏什么啊？其实你们那时候跟我说说清楚，直接一点，坦白一点，说不定根本就没这个事儿。"

"对，对。"两口子都肯定了我，让我很舒服。我的好朋友跟我的女朋友结了婚，我居然二十年后才知道，我居然还会觉得舒服。

"呵呵，那时候，小饭，我觉得你真是疯掉了。要是正常人，都不会那么干。"李悦挖苦我说。

"其实只要小心点，事情未必会那么糟糕。"王东生嘿嘿嘿笑。

"是啊，至少前面几次都没有被抓住。"我附和。

"而且，我们都是连续'作案'，犯了大忌。"

我们喝了很多，可能有四五瓶葡萄酒。一直在干杯，为了友谊啦，为了赔罪啦，为了在一起干的荒唐事情啦，还有我和李悦似是而非的爱情和他们真正的两情相悦、青眼相垂……我已经很多年都没有这么尽兴了，我说我要不醉不归。可是醉了怎么归呢？

我简直就不想结束这个迟到的聚会。

"不如……"我试探性地说，同时对王东生挤眉弄眼。

"好啊。"王东生兴高采烈地明白了我的意思，看看，我们还是很有默契。

"就今天晚上吧，择日不如撞日。反正已经很愉快了，就让我们再愉快一些。"

"刺激得很啊。"

"你们疯了啊？要去你们去，我不去。"李悦说。

"你一起去吧，难得的。高兴嘛。"王东生说。

"对啊，李悦，你应该去，你觉得呢？"我说。我的言外之意太明显了，当年我们，或者我，就是为了她才干的这件蠢事情。何况，因为这件蠢事，被处分的还是她现在的丈夫。

"好吧，我去。我帮你们把风，这样你们还更安全些。"

　　看来我们三个都疯了。在我二十岁之后，我都正经了二十年了，能不疯吗？其他两个人，我觉得，他们早就应该疯了。

## 13 真心冒险

带着一身酒气，我们三个人故地重游。我感觉我们三个人就像三只酒瓶，瓶口就是我们的嘴巴，一旦张开，酒气冲天。在出租车上，我们把汽车窗子都打开。凉风吹向我们的脸、额头和身体的每一部分，我感觉三个人的精神状态也渐渐归于平静。这样一种平静，当然更适合来回顾我们的母校。老实说，虽然这么多年来我都没有离开过上海，师范大学却是没去过几次。出租车马上就带我们来到了师范大学门口。大门口人头攒动，学生还是那么多。二十年后，师范大学似乎还是老样子，里边的女大学生也没有变得更漂亮，但也不至于更难看。比如说像我们当年的恐龙队长这样级别的女生还是有，漂亮的也许更多了，但这多多少少要归功于化妆品公司和各种各样品牌的衣服。

"狗男女"们经过一代又一代的传承，在师大校园可谓更加猖狂了。我们到师范大学的时候，正是他们出动的最高峰时刻。虽说我已经有了一个老婆；东生和李悦，也是一对夫妇，可当我们看见这么壮观的狗男女队伍，还是非常震惊。

"看来真是'春风又绿江南岸'。"东生诗兴大发。

从师范大学的正门进入，在狗男女们身旁穿梭而过，我们无法忽略其中的暗示意味。师范大学的建筑物经过二十年的风风雨雨，看上去更加有味道；灯光也很宜人。东生和李悦，走在我的前面，或者走在我的身后。总之我一个人，觉得寂寞。我就带着强烈的怀旧情绪，看看树木，还有花草。我跟这些树木兄弟和花草晚辈打招呼："你们好啊。"它们也对我点头哈腰。

我忽然想起了猪大妹，我想我也应该去跟她打一个招呼。

"东生，你还记得猪大妹吗？"我回头问王东生。

王东生也饱含着怀旧的情绪，似乎在跟李悦细数当年的美妙时光。我还想跟李悦细数那些美妙时光呢。他听到我的话后，反应很快："当然知道啦，那时候我们经常去喝她的醋。"

"对，没错儿。"我很高兴王东生还记得。总的来说，他记住的事情似乎比我要多。

我们就这样，抱着非常美好的怀旧情绪去了二十年前猪大妹开的那家小饭店。市政工程并没有让那个小饭店改头换面，不过很可惜，我们在那儿没有看见猪大妹，也许她退休了吧。但至少饭店的名字还没有改，我相信猪大妹依然是老板，或许只是因为今天晚上猪大妹没有亲自在她的店值班。

"说实话，小饭，我现在有那么一点儿紧张。"王东生鬼鬼祟祟地说。

真是扯淡。"箭在弦上，不得不发啊。东生，要不咱再喝点小酒？"我提议。

"真是好主意，何况这边感情很深，怎么说也得光顾一下。"王东生跟我，当然还有李悦（她现在沉默寡言，更多的时候使用脸上的表情来表达情绪）一起走进饭店。这才是真正的怀旧。连那些小灯都没有被撤掉，恐怕灯泡已经换了好几茬。不过没关系，我们仿佛身临二十年前的境况。

我跟王东生又开始喝酒。这之前王东生已经对饭店的格局和服务等多方面提出了宝贵意见，要是猪大妹也在就更好了。她还认得我们吗？多少年了，来这儿吃饭的大学生也是一茬又一茬。王东生现在作为一个饭店老板，可要比猪大妹专业多了。喝着喝着，我突然觉得我跟王东生仿佛是早些年中国第六代导演的演员。而李悦，就是两个男人当中那个永远不会缺少的女孩儿。很多人都对这样两男一女的情节充满兴趣，可真的轮到自己头上，滋味还是非常特别。我举杯，心中默默感慨：日月穿梭，想不到我们活回来了。当然，如果身旁有两辆自行车就更好了，我跟王东生一人一辆。我肯定没有以前骑车那么飞快了，但也很向往那种刺激的感觉。我希望李悦在我车后坐一会儿，哪怕只是一会儿。虽然对面前的这个王太太感觉还是很陌生，她变化太大了。对于我来说，唯一没有变的，就是我心中的那一段回忆。

"李悦，你怎么老是不说话呢。"我问李悦。

"看到你们两个这样在一起，我真的很高兴。我都认为不会有这么一天了。"

"你还记得我们怎么认识的吗？"我又问李悦。

"当然记得,我跟东生还经常提起。我们根本不会想到还能再遇见你。说实话,我们也不会刻意来找你。这样,我们碰到了,就太好了。"李悦平静地说,她的酒量就像我想象中一样好。

多年的老朋友啦,我为什么从未期盼这样一次相聚?

王东生此时开始显得兴奋起来。他总是容易兴奋,就像甲亢病人一样。而我越来越平静。我想再喝下去,我们接下来的安排就会作废。我可见识过王东生酒醉的样子,我也不相信二十年间他的酒量会有多少突飞猛进。

"走吧,东生。"我朝他傻笑。没等王东生回应我,我的手机突然响了。

一看是我老婆打来的,真是扫兴。我一下就按掉了她的电话,并且迅速关机。我不希望这样一次有关二十年前的记忆到此为止。

"小饭,我们来玩游戏吧。别那么着急。"王东生突然建议。

"什么游戏啊?别小儿科啦。"

"很好玩的。不信我们试试看啊。"

"我不会玩什么游戏。"我的确不会,四十岁的老头子,差不多把所有与人在一起合作的游戏都忘记了——也许应该把我儿子叫出来。

"一教就会。"王东生非常有信心。

"什么游戏?你说来听听。也许我看别人玩过。"

"黑芝麻,白芝麻?"

我摇头。

"三打白骨精？"

我还是摇头。

"谁淫荡啊我淫荡？"

"哈哈，说得好。"我高兴地笑了起来。

"不是，我是说一个游戏的名称。"

"什么玩意儿？统统都没听说过。"我有点丧气。

"哎呀，三个人，就玩'真心话大冒险'不是挺好么？"李悦对王东生列举的游戏也表示不满。我每一次听到李悦说话都很敏感，希望能找出二十年前的痕迹来，但是每一次都非常失望。

"这个游戏我也不会玩。"我说。

"很容易，就是，我们猜拳。输了的人要被惩罚，选择'真心话'，就必须真心回答对方的问题，一定要真心，不然就不好玩了；你也可以选择大冒险，那你必须按照对方所要求的，让你做什么事情你就要做什么事情。"看来李悦对这个游戏非常在行，一定经常玩。

"这个游戏有什么好玩的？"我说。

"玩了就知道好玩啦。"李悦笑了。

"好好好，就玩这个。"王东生也说，"待会儿谁输了我就让他到学校去偷女生衣裤。哈哈。"

看他笑得猖狂。

"要是你输了我也让你干这事。"我说。

看来前面大家都是一时冲动，现在都清醒了一样，都推来推去。

好好，既然总归有谁要去做这么一件蠢事，玩游戏也无妨。

"先是谁跟我来？"我说。

"我吧。"

"石头、剪刀、布。"我们一起喊。

我是剪刀，他是布。

"我赢了咯？"我得意起来。

"真心话。"东生垂头丧气地说。

"不是啊，你要去偷衣服。"我叫道。

"我选真心话啊。不是大冒险。"王东生也叫道。

"可以选的吗？"

"当然，不然怎么叫'真心话大冒险'啊？这首先是一个选择题。现在你可以问我问题了。"

我想了想，问："你今天早上几点起床的？"真是一个无聊的问题。

"哈哈，早上八点起床的。"王东生不知道是高兴还是不高兴，看上去挺乐的。

"是啊，无聊的游戏。"我说。

"你可以问一些隐秘的问题，这个游戏才好玩。"李悦在一旁道。

"有什么隐秘的问题啊？"我问。

"你输了你就知道啦。"王东生欢快地说，"来来来，继续我跟你玩。"

"石头、剪刀、布。"

我还是剪刀，他是石头。

"你输了，你选什么？"

"真心话。看看你能问出什么问题。"

"你这辈子生过最难以启齿的病是什么？"王东生问我。

"要说真心话。"李悦提示道。

哦，真心话。这倒是个问题，让我想想。"最难以启齿的病"？我好像没生过什么大病，有什么是"难以启齿的病"？

"瘙痒。"我说，我终于想起来了，前年我那个地方瘙痒得厉害。

"什么瘙痒啊？"王东生继续问。

"就是那个地方啊。"我说完，还不好意思地看了看李悦。

"学名啊？你这个病叫什么？"

"我不知道啊，我没有去看医生，自己买了药膏涂上去，后来就好了。"

"应该是真心话，算他过了。"李悦法官说。

"再来。"我说。

"石头、剪刀、布。"这下我是石头，王东生是剪刀。

"为什么每次都是一次就能分胜负啊？"王东生抱怨道，"还是真心话，我可不想去偷衣服。"

"那这样就没人去偷衣服啦？"我有点着急。

"看谁有勇气咯。或者下次我们可以先规定大冒险，再来猜拳。"

"好，我问你，你跟李悦为什么没有生孩子？"

"你怎么知道我们没有生孩子？我们的儿子今年都开始念大学啦。不信你问李悦。"王东生看了看李悦。

"是啊，你怎么会觉得我们没有生孩子呢？"

"念大学？你们儿子那么大了？我儿子才八岁啊。"我很奇怪。

两个人都有一点脸红。

"噢，我明白了。"我想我是明白了。二十二岁生的，现在他们的儿子十八岁。差不多，应该是这样。他们大学毕业一定就结了婚生了孩子。

我有点郁闷了，好像有什么美好的事情正在离我远去。

"石头、剪刀、布。"

"石头、剪刀、布。"

"石头、剪刀、布。"

"石头、剪刀、布。"

四轮下来大家出的都是一样。我们就像在重复一句可笑的台词。真心话说出了真心话，而我心里很难受。我停下来，跟王东生说："东生，这次我们约定大冒险吧。"

"好啊，谁输了谁到女生宿舍门口去偷女生内衣裤。"他乐呵呵的，完全不明白我的难受。

外面天黑了，校园偷窃案最好的时候。路上行人已经渐渐稀少，我从猪大妹小饭店的窗口向天望去，天一片漆黑，没有任何光亮。我回头看了看李悦，她也非常投入，对这个游戏进行下去所将产生的乐趣坚信不疑。

"好，小饭，这回是大冒险噢，你要当心啦。"

"嗯，大冒险。"

"石头、剪刀、布。"

我是石头，我知道自己一定出石头。石头代表了力量，我正在征收我身体里面的力量。

王东生，他出了剪刀。

王东生提了提他的裤子，蠢蠢欲动。他嘴里还嘟囔着什么，好像还有点不服气。

"等等，王东生。"我说，"我没让你去偷衣服。"

"真的吗？那太好了，我真是觉得老脸上挂不过去。这么一大把年纪，要真让巡逻的保安又抓住一次，我还怎么做人啊？"

"是啊，现在可不像当年了。我们都四十岁了。"我也这么说。我一边说，一边从身下摸索着什么。

摸到了。

"东生，我想让你挨我一瓶子。"

"嘭。"说时迟那时快。

落地开花，瓶子碎了一地。李悦在旁边发出了令人惊恐的尖叫，她整个人就像一支绣花针一样往上提升。

"东生，再见。李悦，再见。"我轻声说。

我看到东生沿着桌子缓缓倒下，他的手还企图抓住桌沿，当然没有成功。我希望他永远不要醒来，就这样躺下，永远也别醒来。他一旦醒来，将让我永远昏睡。

天渐渐就亮了。这是第二天凌晨，我拖着我的双腿从派出所回来。走出派出所的时候我还回头望了两眼。此时我一脸憔悴，连我自己都觉得自己像一团面饼。我跟大多数上班族在一起，只是我无法混充于他们。我觉得在人群中我跟所有的人一样，但又不一样。他们精神抖擞地迎接着这崭新的一天，但我仿佛来到了我的世界末日。

我看着那些人，我无法想象出他们的生活。我的生活也许跟所有人的生活一样。可是我希望不一样。我还可以想象出一个生活，我无法抵达，但我乐在其中。就像我回忆着我年轻时候的女朋友那样，虽然这一切还是不可避免地带着悲剧性质。

东边的太阳还没有升起，也许不再升起。

在充满着小摊贩的马路边上我一个人走了半天，我的步子一直很沉重，就像去赴一场生死之约。不知不觉我来到一家二十四小时的便利店，我的嘴巴想要一瓶饮料。

"只有酸的，没有甜的。"营业员微笑着说。

"但我就想喝甜的。"我坚持。

"抱歉，先生，我们这里真没有。"

我摇了摇头："那就给我一包烟吧。"

"只有贵的，没有便宜的。"营业员继续保持着微笑，我真怀疑自己是否衣衫褴褛。

"随便来一包就行，无论贵的还是便宜的。"

当我重新回到大马路上，那里的人群正在膨胀，人越来越多，就像无性繁殖的微生物，人群成几何倍数的增长。最后微生物们把我挤向了一个公交车车站。

在这个车站，我看到有一辆公交车停在那儿，车的尾巴正在呼出浓烟滚滚。我知道它可以把我送回我的家。但是我等了很久都没有勇气跨上去。

再等一辆。

我一点儿也不着急，我知道我不是去上班。

从远处而来的一辆辆车都成了值得期待又不是那么期待的希望。

一夜没有合过眼，那眼角边上的眼屎可以证明，但我也不困，我就觉得我的脑子里昏昏沉沉，反应迟钝。

看着来来往往的车辆和行人，对我来说他们就像蚂蚁一样没有意义。

我站着，然后又坐下。随后又去一个小贩那边买了一些松子。我总是眷顾路边的小贩，因为我也叫小饭。我在一个装满松子的纸筒内抓出一大把松子，将它们送入我的嘴巴，这让我满嘴都是油。随即我拆开了新买的香烟，点上一根，马上我满嘴又都是烟。

充满了油烟的我的嘴，一张一合，犹犹豫豫，我想说什么呢？

最后我还是坐了下来。没有人发现我坐在大马路上，谁都不会来关心我。对他们来说我也像一只蚂蚁一样没有意义。

还有一个问题。我突然想到。昨天晚上我的妻子给我打电话了，我没有接。我该怎么解释呢？

"猪头，昨天晚上我二十岁。二十岁的时候我还不认识你，所以没有接你的电话，真抱歉。"

其实这一刻，我最想对我的猪头老婆说："过去都是不存在的，即便我把它想象得那么美好。"

我想，如果不是太俗，还是再补充一句吧：

"我爱你，亲爱的……"